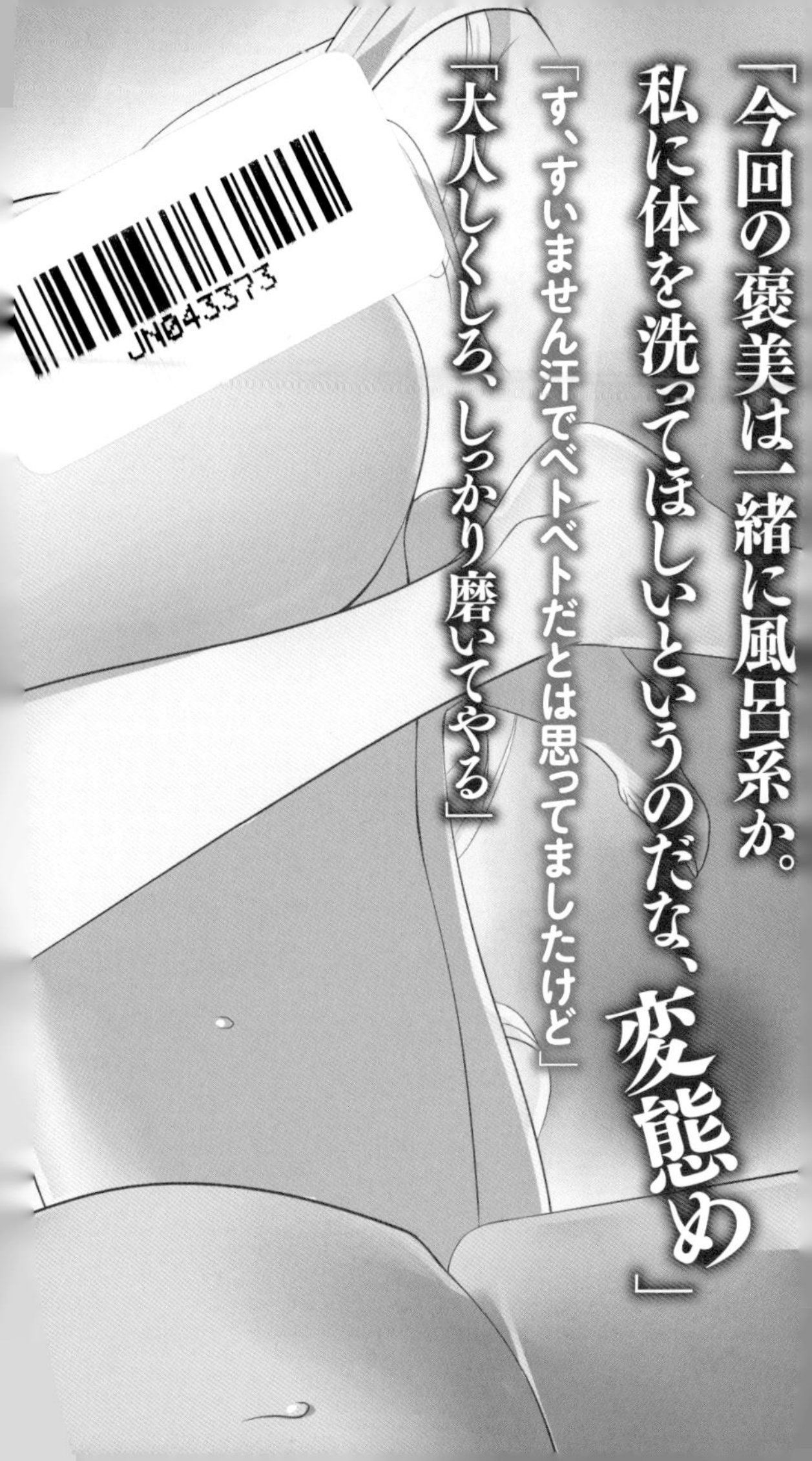
「今回の褒美は一緒に風呂系か。
私に体を洗ってほしいというのだな、変態め」
「す、すいません汗でベトベトだとは思ってましたけど」
「大人しくしろ、しっかり磨いてやる」

負けん気の強い日万凛は、
優希の顎を両手でがっちりと固定して、
ヌラついた舌を口内にねじ込んでいく。

「ふふ、可愛いのう」

「ええ」

今度は海桐花と風舞希が、慈愛の目で
優希を見てきた。

それはそれで照れくさい優希。

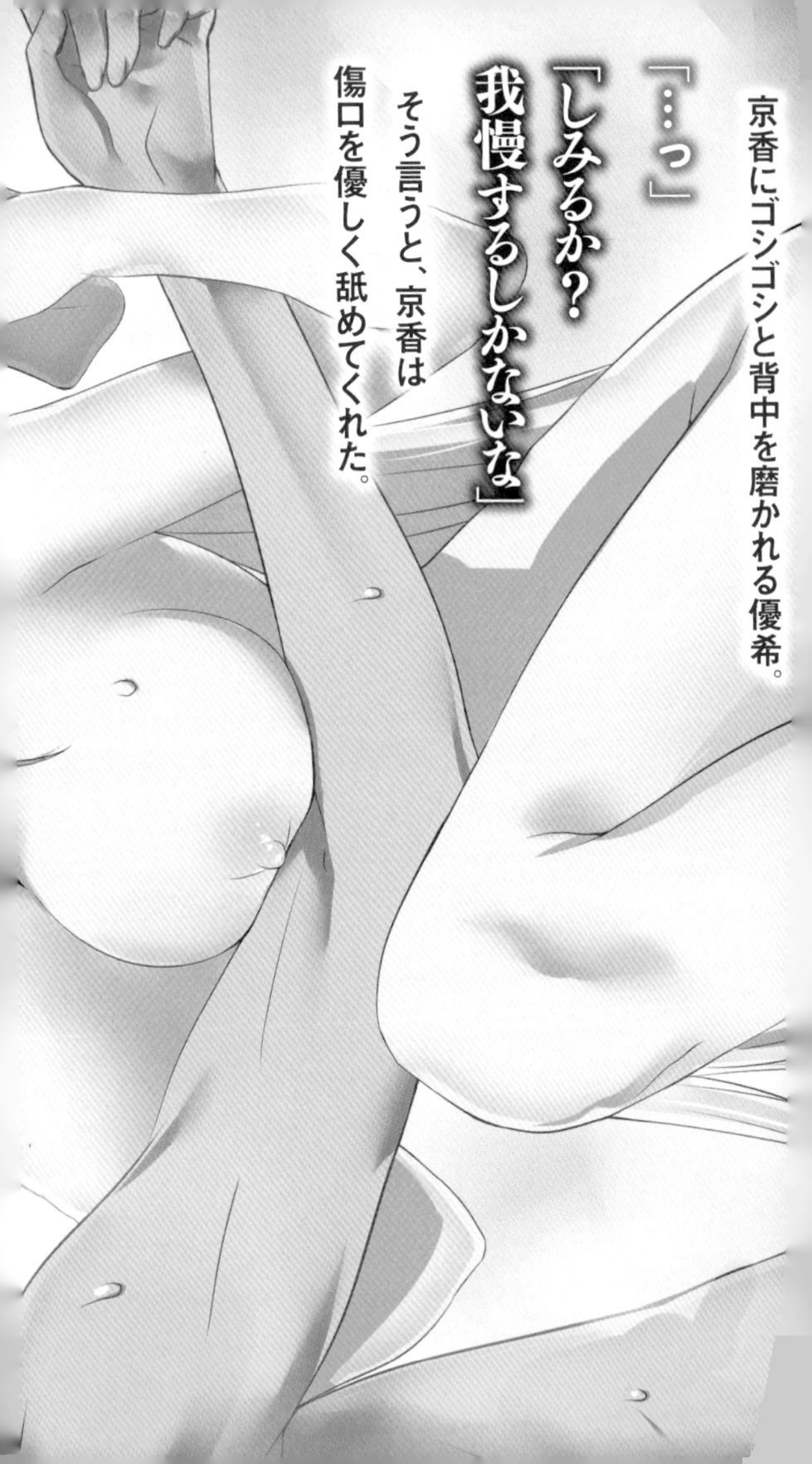
京香にゴシゴシと背中を磨かれる優希。
「…っ」
「しみるか？
我慢するしかないな」
そう言うと、京香は
傷口を優しく舐めてくれた。

「京香さん、わざわざ
ありがとうございます」
「こういう
褒美なのだ、
受け取っておけ」

「リラックスしていいのよ」
優希の耳元で、密着した風舞希が囁く。
そんな風舞希の色気にたじたじになる優希。

ダッシュエックス文庫

魔都精兵のスレイブ

魔防隊日誌

タカヒロ

第一章 羽前京香編

「到着したぞ優希《ゆうき》。ここだ」

羽前京香《うぜんきょうか》は奴隷《どれい》である和倉《わくら》優希を連れ二人だけで高知県にある魔防隊《まぼうたい》の保養所に来ていた。

「この建物、大事に手入れされていますね」

小さめだが清潔感のある建築物に、掃除好きな優希が感心している。

「ここなら良い訓練ができる。魔都で何か起こった場合でもすぐに駆けつけることが可能だ」

魔都にある七番組の寮と、高知県は門が直結していた。

「山の中だと良い訓練ができるというのは、どういう意味でしょうか」

「私は霊山での修行で力をつけてきた」

深呼吸をする京香。

「深山の神聖な空気は肌《はだ》に合うんだ」

「なるほど、空気美味《おい》しいですもんね」

「四国であれば石鎚山《いしづちさん》や剣山《つるぎさん》に興味があるが、ここも良い」

人類に仇《あだ》なす人外の怪物・醜鬼《しゅうき》との戦いは激しさを増している。

京香と優希は更《さら》なる強さを身につけるべく、修行を積む必要があった。

そのために留守を副長の日万凛《ひまり》に任せて、修行へと旅立ったのだ。

「この施設、俺たち以外に人はいないんですね」

「食料などの物資を保養所内に用意してもらっただけだ」

「明日また補充に来ると」

「的確な補給をしてくれるだろう」

優希が投げかける疑問に対してテキパキと答えていく京香。

「魔防隊の能力は機密扱いだしな。人がいない方が遠慮なく変身後の体を動かせるだろう？」

自分たちの面倒《めんどう》は自分で見る必要はあるが」

「家事については、この和倉優希に任せておいて下さい!!」

優希は目を輝かせて、自信たっぷりに答えた。

彼は幼《おさな》い頃より暴君である姉に鍛《きた》え上げられた家事スキルに大きな自信があった。

「早速《さっそく》、あそこの隅《すみ》にわずかな汚れを発見しました。油断しがちなところなんです」

しゃがみこんで、自分が見つけた汚れを京香に示す優希。

「でも大丈夫、こういう汚れは重曹《じゅうそう》を用いてですね」

「おい優希」

優希が我に返ると、京香が呆《あき》れた視線で奴隷を見下ろしていた。

その怜悧《れいり》な美貌《びぼう》に優希は思わずドキリとした。

「保養所を綺麗《きれい》にしに来たのではない。細かいところは掃除しないでいい」

「そ、そうでした。汚れを見ると体がつい動いて」

「初めての建物に来ると、お前はいつもそうやって手入れされているかチェックするな」

「職業病に近いです」

「まぁいい」

京香は仕方のないやつ、といった感じで優希の頭を軽くわしわしした。

「さて、私とお前はここで三日間集中的に体を鍛えるのが目的なわけだが」

「がつんとレベルアップしたいですね」

「実力をつけるという大目的以外にも、互いに何かしら第二目標を設定しないか？」

「第二目標？」

「料理をひとつ覚えるとか、悪い癖《くせ》をひとつ改めてみるとか、そういうプラスの何かしらだ」

「いいですね、濃密な三日間になりそうです」

「よし、第二目標は手帳に書いておこう。内容は互いに秘密だ。そして最終日に達成できているかチェックし合うんだ」

「ゲームみたいで面白《おもしろ》いです」

「昔の七番組組長が、時々こういうやり方をしていてな、良い余興《よきょう》だろ」

「昔の組長…そうか京香さん初めから組長じゃないですもんね」

「初めは誰だってヒラ組員からスタートだ」

「よく考えると組長になるの物凄《ものすご》く早くないですか？」

「副長まで一年、組長までは一年半だ」

京香は口を動かしつつ手も動かして、手帳に第二目標を記していた。

「私は書いたぞ」

「俺は第二目標、何にしようかな。うーん迷う」

「変にひねらないでいいぞ。さっさとやれ、さっさと」

京香が手帳で優希の肩を軽く叩《たた》いた。

「よ、余興なのに急《せ》かさないで下さいよ」

「まぁ少しは待ってやるか」

そんなことを言いつつ、京香は優希の後ろをウロウロしており態度で催促《さいそく》していた。

「京香さん脈拍《みゃくはく》が人より速かったりしませんか？」

「せっかちで悪かったな。交感神経も副交感神経も問題なく機能している」

優希はようやく手帳に第二目標を記した。

「よし。荷物を置いたら、すぐに鍛錬《たんれん》だ！」

京香はそう言いながら己《おのれ》の拳《こぶし》を鳴らした。

「鍛錬。いい響きだ。自分で言っていて心が躍《おど》る」

「はい!!」

「良い返事だ。それでこそ私の奴隷だな」

優希が姉に鍛えられたのは掃除の腕だけではない。

能力を使えるのは女性だけという、この世界でスムーズに生き抜くのに必須《ひっす》の上下関係も自然と身についていったのだった。

京香の能力「無窮の鎖《スレイブ》」で優希は異形《いぎょう》へと変身する。

自分に活躍の場を与えてくれたこの能力に、優希は深く感謝していた。

「よし、まずは周囲の山を駆けるぞ」

そう言って京香は馬に乗る騎手のように、異形と化した優希に跨《また》がった。

この跨がられる、という状態は京香の感触が直接自分の体に伝わってくるわけだが、優希にドキドキしている余裕はなかった。

「もっと速度を出せるだろう、飛ばせ！」

主《あるじ》である京香の厳しい命令が飛んでくるからだ。

訓練であろうとも、少しも気を抜くことができない。

「いい調子だ優希。よくやったな。次の動きを指示するぞ」

しっかり頑張っている奴隷を時には褒《ほ》めつつ、優希の精度を上げていく京香。

二人が主人と奴隷になってからまだ半年も経過していないが、連携力はかなりの域《いき》にまで到達している。

※

高知の山々を縦横無尽《じゅうおうむじん》に駆ける優希。

「優希、目の前に醜鬼が現れたと想定してみろ」

優希はイメージを膨《ふく》らませて、エア醜鬼を倒してみせる。

「いい突きだったな。醜鬼三体をしっかりなぎ払った」

「俺が三体をイメージしたところまで見えていたんですね、京香さん」

「奴隷の考えていることがわからん主でどうする」

保養所に着いたのが夕方近くだったので、気がつけばもう日が傾いていた。

「今日は、ここまでにしておこうか」

優希は京香の性分《しょうぶん》から、夜になっても訓練は続くものだと覚悟していた。

「保養所に戻り変身を解け優希」

「俺は、まだまだいけますよ京香さん？」

「ここに来るまでも多忙だったから夜は休もう。お前の体に疲労が蓄積《ちくせき》しているのがわかる」

そう言って京香は優希の体を軽く撫《な》でた。

「そんなことまでわかるんですね。流石《さすが》肉弾戦のエキスパート」

「筋肉との付き合いは長いからな」

京香が自身の腹筋をさする。

「鍛えている人間は、己の体が語りかけてくるというだろう？　あれは本当だ」

「今、京香さんの腹筋はなんて喋《しゃべ》ってるんですか？」

「そろそろエネルギーが欲しいと言っている」

「それは大変だ、帰ります──」

空腹ぐらいは鉄の意志で我慢《がまん》できる主であることを優希は知っていた。

京香は本当に優希の体を配慮してくれているのだ。

だから戻りやすい空気を作ってくれた。

主の心配りに感謝しつつ、言われたとおり優希は保養所へと戻った。

「到着です」

変身を解いて人間の体に戻る優希。

「たくさん駆けたな。何かを巻き込んだわけでもなし。良くやった」

すると京香は、優希の体を掴《つか》んでフワリと投げる。

地面に優しく倒された優希。

痛くはない、叩きつけられる前に軽く引っ張り上げてもらったからだ。

「わかっていると思うが、能力を使った代償《だいしょう》である褒美《ほうび》がはじまっている」

上着のボタンに、京香が手をかけた。

「は、はい」

京香の能力「無窮の鎖《スレイブ》」は使役《しえき》した者に対して褒美を出さなくてはいけない。

今まで京香は醜鬼を使役しており、醜鬼に対しては豚肉《ぶたにく》を食べさせていれば、それが褒美となっていた。

ところが優希の命を救《たす》けるために優希自身を奴隷にした時、褒美はキスに変化したのだ。

以後の褒美も、京香が体を張るモノになっている。

一度奴隷にしてしまえば、奴隷が死ぬまで次の奴隷を探すことはできない。

だから京香は。

「どうやら今回はマッサージ系の褒美だな」

褒美に対して系統付けができるほど、優希が変身する度《たび》に褒美を与え続けていた。

「マッサージ、ですか」

「なんだか嬉《うれ》しそうだな？　まったく」

優希の上着を脱がして、上半身を裸《はだか》にする。

今度は優希のベルトに手をかける。

「下も、脱がすんですか？」

「好きでやっているんじゃないぞ、そういうご褒美だからだ！」

顔を赤くしながら、京香は優希のベルトを外した。

ズボンのファスナーに白い指が添えられて、ジジジ、と下ろしていく。

優希はゴクリと喉《のど》を鳴らしながら、ズボンが脱がされるのを腰を浮かして手伝った。

パンツ一枚になって地面に寝転がる優希を、立ち上がった京香が見下ろしている。

こういう体勢で、見下ろされつつ叱《しか》られながら足で踏まれる褒美も存在する。

だが今回の褒美は違ったようだ。

優希をゴロリとうつ伏せにしてから、京香が跨がってくる。

「大人しくしていろよ」

優希の背中に甘い感触が走った。

かいた汗《あせ》を舐《な》めとるように、背中に舌《した》を伸ばしていたのだ。

「随分《ずいぶん》と汗をかいたものだな。ぺろ…」

唾液《だえき》でぬめった舌を丁寧《ていねい》に這《は》わせてくる京香。

「こら優希、びくびくするな」

「くすぐったくて」

「我慢だ、我慢、ちゅっ」

優希の背中は、京香の唾液でねっとりと濡《ぬ》れてきていた。

「舌を使うとは妙なマッサージだな…変態め」

「す、すいません…」

背中を舌で舐められ、指でさすられ、優希は時々体を震わせていた。

「だから動くな」

優希の耳元で京香が囁《ささや》く。

「きょ、京香さん」

「情けない声も出すな」

「随分と我慢してるんです」

「口答えは許さんな」

そう言いながら、耳たぶを甘噛《あまが》みしてくる。

口調こそ厳しいが、今の京香は訓練時のような厳しさはない。

むしろ年下の恋人に言い聞かせるような甘さを含んでいた。

口と手で丹念《たんねん》にマッサージされた後に優希は、足や腕を入念に揉《も》まれた。

「おおぉぉぉ効《き》くぅ」

「体が自由に動く。今回は、こんなところで終了だな」

だいたいの場合、褒美は活躍の度合いに比例する。

今回は鍛錬のみだったので、褒美も背中や足のマッサージで終わった。

「これは自発的なおまけだ、ほら受け取っておけ」

京香は優希の手のツボをグリグリと刺激した。

ジーンとした痛みの中に、なんともいえない気持ち良さが混在している。

「あわわわわわわわわわわわわわわわわわわわわわわわわわ」

「フフ、痛気持ち良いだろう」

京香は笑いながら優希から離れた。

呼吸を整えながら服を着ていく優希。

はじめは、ご褒美の後は気まずかったものだが今は二人とも慣れてきた。

「ありがとうございました。夕食を作ります」

「私は書類を片付けながら、楽しみに待っているとしよう」

※

テーブルに優希が作った夕食が並べられている。

「かつおのたたき、サーロインステーキが今晩の二大メインです。やっぱり地元高知の名物は活《い》かさないといけませんね。前菜は夏野菜の浅漬《あさづ》けと、それから」

早口で料理を説明していく優希。

真面目《まじめ》な京香も、ふむふむと聞いていた。

「それにしても、こんな豪華《ごうか》な食材を用意してくれるなんて」

「私個人からも金を出して食材をアップグレードしているからな」

「流石です京香さん」

「食は体を作る。フィジカル重視の私にとって金のかけどころだ。忙しいということもあって日常生活で、それほど金は使わないからな、こういう時は惜《お》しまない。ほら、遠慮なく食べろ」

「遠慮なく頂きます」

「このステーキはいいぞ。豊かな肉汁《にくじゅう》だ」

「元の食材がまず美味《うま》いですからね」

「そして柔らかい、焼き加減がいいのかな」

京香は食べるスピードも速いが、ピシッとしており所作《しょさ》も綺麗だった。

「野菜も美味い、これはおかわりあるか？」

「はい、どんどん食べて下さい」

二人は夕食を堪能《たんのう》し、そしてデザートに桃《もも》を食べつつ、ゆっくりとお茶を飲んだ。

「そういえば魔都の桃って味はどうだったんですか？」

「とろけるように甘かった。しかし、どこか危険な甘さだった」

「食材には、向かなそうですね」

「貴重な魔都資源だぞ。食材には使えんな」

魔都の入り口は日本にしかない。

能力を授ける魔都の桃は日本が慎重に管理しつつ諸外国へ輸出している。

「音楽かけるぞ」

京香が端末から流した曲は人気ドキュメンタリー番組の主題歌だった。

力強い歌声の女性シンガーソングライターだ。

「私は、この人の歌が好きなんだ。情感があってな」

「時々、聴かれてますもんね」

そう言って京香は優希を見つめた。

「優希、お前が好きな歌手は誰だ？」

「俺も、この人好きですよ。姉ちゃ、ごほん、姉さんがよく聴いていた歌手だから」

優希は姉のことを姉ちゃんと呼びそうになって、言い直した。

二人の時はそう呼んでいたが、人前ではなるべく姉さんと呼ぶようにしている。

「ではメドレーをかけておこう。それでだ優希」

「はい！」

「今は、そんなに気合いを入れなくていい。リラックスしろ。私がこういう口調だからいけないのかもしれないがな」

「和倉優希、リラックスします！」

「あぁ。今夜はお前と語りたいのだ」

「嬉しいです。俺、京香さんに聞きたいこと、色々あるんですよ」

「お前が私の奴隷になってからというもの、戦いに、訓練に、駆け抜けるような日々だった」

「あっという間でしたね」

「だが私はお前が好きな歌手すら知らなかった。連携を深めていくには、もっともっと互いのことを知らないとな」

そう言いながら、茶を飲む京香。

「だから優希、今から互いに一つずつ質問していこう。質問に答えたら今度は質問をする番だ。もし質問に答えられないようなら、腹筋する。このルールでいこう」

「いいですね、わかりました」

「よし。お前から何でも聞いてこい」

「え、ええと、ええと」

いきなり振られて、優希は言葉に詰まってしまった。

「それじゃあ、京香さんの好きな色は何ですか？」

「そんな質問でいいのか？　まぁ初めだから軽くきたのか。私は銀色が好きだ」

「あぁ、刀《かたな》の色」

「洗練されているような感じが好きなんだ。よし、私の番だな」

「はい、いかなる質問でもどうぞ」

「私も初手は軽いものでいこうか。小学生の時は、何が一番得意な科目だった？」

「やっぱり家庭科ですかね？　衣服の手入れとか女子には負けないスピードでしたよ」

「ふふ、今のお前、そのままだな」

京香が柔らかく笑い、優希の緊張もほぐれた。

「勉強とかスポーツは、いたって普通でした」

「美術や音楽はどうだ？　小学生だと図工になるのかな？」

「それも普通でしたね」

「家庭科だけ突出していたのだな」

「次は俺からの質問ですね。えーと」

例《たと》えばいつも料理を出している立場から、京香の食べ物の好みなどはわかっている。

味付けの濃いものや、肉、魚ならマグロなどを京香は好んだ。

普段の京香からはわからない質問をしたい、そう思った優希はこう尋《たず》ねた。

「京香さんの頭の飾りはいつからしているんですか？」

「子供の時、故郷で女の子の友達にもらったんだ」

「けっこう昔からなんですね」

「京ちゃんはこういうのが似合うと言ってな。嬉しかった。体が大きくなるとサイズが合わなくなってきてな、もらったものを素材にして、大きめなのに変えたんだ」

遠い目をして語る京香。

京香の故郷は魔都から出てきた醜鬼に滅ぼされており、その友も命を奪われていた。

このことは未曾有《みぞう》の魔都災害として記録されている。

「私の番だ。優希は学生時代は何が夢だったんだ？」

「正直夢はなかったですよ」

「即答か」

「普通にサラリーマンになって普通に死ぬのかなって。でもそんなのは嫌だと思ってました」

「今は完全に普通ではなくなったな」

「はい、感謝しています」

「もう少し学生時代について聞かせてくれ」

「夢じゃないですけど学生時代は、彼女が欲しいなとか思っていました」

「ほう。健全だな。しかし、できなかったんだろう？」

「教室で彼女にあーんしてもらってるクラスメイトとか、羨《うらや》ましく見ていましたよ」

「それぐらいなら願いをかなえてやろう」

京香がフォークに刺した桃を優希に向けてくる。

「ほら、あーん」

「え?」

「羨ましかったんだろう?　これぐらいなら主としてやってやるさ。あーんしろ」

「でも俺、今、ご褒美を受け取るようなことはやっていませんし」

「ふーん、いらないのか?」

「いります、頂きます!」

「そうだ、こういう時は素直に受け取ればよろしい」

あーんで食べさせてもらった桃は、とても甘いと優希は感じた。

「美味そうだな。もう一口いいぞ。いっておくか?」

「あーん」

「フッ。甘えん坊なやつめ、ほら」

「ありがとうございます」

「モテたいと言っていたが、魔防隊になってからは、モテているのではないか?」

「なんというか、いざ女性に囲まれると、圧倒されて無口になってしまうというか。魔防隊は大変な仕事であまり浮《うわ》ついていられませんし」

「ふむ、よし、次はお前の質問だ」

「京香さん、学生の頃、何かやってみたかったことはありますか？」

「ほう。あーんで食べさせたお返しに、私の望みを叶《かな》えてくれるのか？」

「叶うものであれば」

「学生の頃から私の望みは醜鬼撃滅。これに尽きる」

京香の瞳《ひとみ》に、熱いものが宿っている。

「だからお前は引き続き励《はげ》んでくれればいい。それが私の望みに繋《つな》がる」

「はい、その望み、叶えていきましょう」

「学生時代の京香さん…写真あったりしますか？」

「それを見てどうするつもりだ」

「なんか、気になるじゃないですか」

「写真なぞとっていないな。ひたすらに鍛錬の日々だった。周囲からは距離を置かれていた。いや私が人を寄せつけなかったのだろう。高校に入るまでは」

「高校では違ったんですか？」

「私が推薦《すいせん》で入学した高校は、魔防大学付属。将来魔防隊関連を志《こころざ》す人間が多いからな。そこでは魔防隊を目指す同志だらけだった」

「京香さんそこで飛び級してるんですよね」

「そうだ、成績次第《しだい》でどんどん飛び級できる。私は早く現場に行きたかったからな。日万凛の姉である八千穂《やちほ》は後輩にあたるが、ガンガン飛び級していたな」

「さすが東《あずま》家、優秀だ」

そう言いながら、空《から》になった京香の湯飲みに茶を注ぐ優希。

「お前も優秀だぞ。よく気がつく」

「姉の教えです」

少し誇らしく優希は言った。

「私の質問だ。お前はどういう人間が好きなんだ?」

「ええっと」

姉のような人、と反射的に言いかけて流石に優希は思いとどまった。

おそるべきは、優希をここまで躾《しつ》けた姉の徹底した教育である。

「すいません、和倉優希、張り切って腹筋します」

「ふむ?　そんなに難しい質問だったか?」

「意外と」

腹筋を終えた優希が、京香に質問する。

「京香さんは、どういう人間が好きなんですか?」

「ガッツがある人間がいいな」

「ガッツか」

「自分にあるかどうか悩んでる顔だな、お前はガッツがあるぞ」

「つまり、俺のことは好き」

「そうだ、好きだぞ」

この好きは、男女ではなく人間としての好きなのだろうが、優希は嬉しかった。

「優希、お前の好きな言葉はなんだ？」

「整理整頓《せいとん》とか」

「うん、大事だな」

「なんとも意外性のない言葉で申し訳ないです」

「大喜利《おおぎり》をしたいんじゃない、お前のことを知りたいわけだから、意外性がなくていいんだ」

「最近見た夢は何ですか？」

「夢か。夢でも仕事をしている時が多いんだ。ただ最近は、組長たちとシュラスコを食べに行った夢を見たかな。その後、相撲《すもう》大会をしたぞ」

「結構わんぱくですね」

「健康と言わんか。実際、まれに皆で食事に行くしな。さて」

時計を見る京香。

「次は私の質問ではあるのだが、思いのほか時間が経《た》っている」

夜九時になっていた。

「問答はここまでだな」

「いつの間に、こんな時間に。楽しいとあっという間ですね」

「就寝準備を始めるか。明日は五時起き、雨天だろうが訓練決行だ」

京香は就寝時の指示もテキパキと出す。

優希もそんな京香の背中を見ているので、キビキビと動いた。

歯を磨《みが》きつつ、自《みずか》らの腰を動かしている京香。

「それもトレーニングですか？」

「足腰まわりを少しな。お前は真似《まね》しなくていいぞ、歯磨きにきちんと集中しろ」

「隙《すき》あらば鍛錬ですね」

「少しでも強くなりたいというのもあるが、体を動かすのが普通に好きなんだ」

お互いが隣り合った部屋で眠る。

（くっ、まずい、眠れねぇ）

いつもは疲れたらすぐに寝られる優希だが、今は枕が違うことや、早起きしなければという使命感で逆に眠れなくなっていた。

台所で水を飲んでいると、京香も起きてきた。

「お前の気配がしてな。眠れないのか？」

「はい、眠ろうと思うと逆に眠れないですね」

「ベッドへ行け。寝かしつけてやる」

「え?」

「ほらほら、睡眠は大事だぞ」

京香にぐいぐいと体で押される優希。

そのままベッドに横たわる。

「何か体のツボを押すんですか?」

「それも効くかもしれんが、就寝前だ。なるべく体に刺激が少ない方法でやってみようか」

京香が部屋から持ってきたアロマを焚《た》いた。

檜《ひのき》だろうか、木の落ち着いた匂《にお》いが部屋に立ちこめる。

「リラックスできますね」

「これは昔、冥加《みょうが》りう師匠《ししょう》から教えてもらったアロマだ。醜鬼への怒りで眠りにくい時期があってな、そんな私のために用意してくれた」

そうして京香は、優希の背中を軽く撫でた。

「師匠とは一時期、一緒に暮らしていた時があった」

「そうだったんですか?」

「小学校を卒業するまではな。眠れない時はこうしてもらったものだ」

「優しい師匠だったんですね」

「普段は厳しいのだがな。私が眠れていないと、無言でこういうことをしてくれた」

そんな京香の優しい声を聞いているうちに、優希は眠くなってきた。

「お前が眠るまで、ここにいてやる」

安らぐ言葉を聞いて、意識がどんどんまどろんでいく。

やがて優希は眠りに落ちていった。

「効果あったようだな。おやすみ優希。また明日」

奴隷が寝たのを確認すると、京香は自分の部屋に戻ってベッドに潜り込む。

(点呼《てんこ》。日万凛、朱々《しゅしゅ》、寧《ねい》……)

羊《ひつじ》を数えるかのごとく、自分の中で七番組の点呼をとる京香。

休める時に、しっかり休めるように編み出した睡眠用のルーティンだった。

京香はあっという間に眠りに落ちていく。

※

保養所での二日目は、よく晴れていた。

「あれから、よく眠れたか」

「はい、バッチリです」

「良かった。今日は訓練の本命だからな。体力不足では話にならん」

優希が作った朝飯《あさめし》を二人で食べて、訓練準備をしてから二人は外に出た。

「今日の訓練は私との組み手だ」

「俺と京香さんで戦うんですか？」

「ここはあえて組み手でなく対戦と言い直そうか。甘えがないようにな」

「わかりました。京香さん、胸をお借りします」

「ああ全力で来い」

優希は既《すで》に変身を完了しており、両者は十分に離れてから、相対《あいたい》した。

「先手は譲《ゆず》ってやる」

刀を構えた京香の圧《あつ》が優希に伝わっていく。

隙というものが、全くなかった。

「来ないのか、優希」

どの角度から突っ込んでも確実に倒されてしまうビジョンが見える。

「ならば私から行くか」

京香がじりっと前に出てきた。

優希は地面を強く蹴《け》り上げて土の塊《かたまり》を京香にぶつけようとした。

京香が必要最小限の動きで、土の塊を避《よ》ける。

優希はその隙をつくように、回り込んで京香に拳を放った。

しかしそれよりも早く、京香の刀が優希を強く叩いていた。

「ぐうっ」

峰打《みねう》ちとはいえ、その衝撃は相当なものだ。

「煙幕《えんまく》を張ってからの攻撃、悪くはないが動きが遅かったな」

優希としては迅雷《じんらい》の速さで攻めたつもりだったが、京香は冷静に対応してきた。

振り下ろされた京香の追撃《ついげき》を避けて、優希は大きく間合いをとった。

しかし、その刹那《せつな》、優希の目の前に刀が迫ってきた。

優希が後退したと同時に、京香が刀を投げつけてきたのだ。

優希は投げつけられた刀を間一髪《かんいっぱつ》で手で受け止めた。

「いい反応だ。間合いを離したと思っても、一瞬たりとも油断しないことだ」

京香は刀を持たなくても素手《すで》で醜鬼を倒せる武術の持ち主。

ヘタに攻めたら体術で叩きのめされるだろう。

「この刀、利用させてもらいます！」

優希は京香に向けて刀を投げつけた。

刀が回転して京香に飛んでいく。

優希はその後ろから京香めがけて駆けていった。

京香は迫りくる回転した刀に対して、その刀を巻き取るように自らの体を回転させる。

そしてその勢いを利用して飛んできた刀を相手の方へ跳《は》ね返した。

「!?」

急に戻ってきた刃を、なんとか受け止める優希。

刀を受け止めた隙に、京香の拳が優希の腹にめり込んでいた。

「ぐあっ…」

倒れ込む優希。

すかさず京香の足が首に絡《から》みついてくる。

「倒れ込んだままでは、こうなるぞ」

締め落とされる、と優希は思った。

※

「だぁぁ、全然歯が立たなかった」

優希はあれから何度も何度も京香に挑み続けたが、全《すべ》て倒されていた。

「だが私も技《わざ》の数々を繰り出さなければ、対応は難しかった。強くなってるぞ優希」

「でも結局勝てませんでした」

「組長にそう簡単に勝てると思うな。合格だ。強くなっているさ。ここに来て正解だったな」

「そ、それなら良かったです」

「対戦することで、優希の動きが一層理解できた」

「はい、それは俺もです」

「くたびれたろう。変身を解け」

人間の形態に戻っていく優希。

京香と優希の視線が、絡み合った。

褒美の時間がはじまる、と両者はわかっている。

「む…この褒美は。こう来るとは、変態め」

「え？」

京香は優希の手をとると自らのバストに導き、そっと添えた。

「京香さん!?」

「胸を借りると言っていたのが伏線《ふくせん》になっていたとは、呆れたぞ」

そう言いながら、京香は固まっていた。

褒美中、京香の動きは強制なのだ。

（つまり、今回のご褒美は、胸か…）

優希が褒美を受け取らないと、褒美は終わらない。

バストに添えられた手を優希が積極的に動かす必要がある。

「し、失礼します」

「あぁ…自由に動かせ」

顔を赤くしながらも、優希の目をしっかりと見て話す京香。

優希は魔防隊の制服の上から、京香のバストを撫でていった。

すると、京香の体がビクッと震えた。

「す、少しくすぐったかっただけだ、気にするな」

豊かな量感が手に伝わってくる。

優希は、膨らみを揺さぶるように動かしてみた。

「以前は触る時に、手が震えていた気がするが、今は慣れたものだな」

「い、痛かったら言ってください」

「痛いどころか、これでは終わらないらしい」

「え？」

「直接触れ」

京香が、自ら制服のボタンを外して言った。

優希が思わず目をそらす。

「目をそらすな、褒美は受け取れ」

「は、はい」

「直接触らないと、気が済まないとは。まったく、変態め」

京香の胸が、露《あら》わになる。

優希がゴクリ、と唾《つば》を飲み込んだ。

「ぼーっとしてないで、来い。ずっと見ているつもりか、お前」

「すみません、何か圧倒されてしまって。では、いきます!!!」

「ここに来てから一番気合いが入った声に聞こえるな…」

優希の両手が、白いバストを包み込んでユサユサと刺激していった。

京香の胸は張りがあって、それでいてしっとりと柔らかい。

「ン…」

優希に揉み込まれて、京香が僅《わず》かにだが甘い声を出した。

鍛え抜かれた京香の体だけあって、揉むと瑞々《みずみず》しい弾力が返ってくる。

「手が勝手に動く…?」

京香は優希の頭をがしっと掴むと、優希の口を自らの胸に誘導した。

「これは…」

「口も使うということだろうな…」

「はい…」

優希は京香の乳首を口に含み、吸っていく。

「くぅ…お前、私に甘えたかったのか？」

片方の胸が終わったら、もう片方に口を寄せる。

「京香さん、大丈夫ですか」

「あぁ、続けろ」

汗ばんだ双乳《もろち》が、悩ましげに揺れる。

そこに再び顔を寄せる優希。

「子供だな、まったく」

気がつけば京香は、自分の胸に甘えている優希の頭を優しく撫でていた。

訓練の時にはあれだけ厳しかった京香が、今では優しく包んでくれている。

※

褒美が終わり、京香が衣服を整えた。

「よし、訓練に戻るぞ。甘ったれは、しごいてくれる」

「すぐに訓練で大丈夫ですか」

「ルーティンで切り替えられる」

頬《ほお》を紅《あか》くしていた京香だが、もう凜々《りり》しくなっていた。

再び、奴隷形態となって京香と相対する優希。

優希も、呼吸を整えたつもりではあるが。

「お前自身が切り替え終わってないな、優希。浮ついているぞ」

京香に見破られていた。

数分前まで胸に優希の顔を埋もれさせていた主が、次は気合いを入れた攻撃を繰り出してくる。

優希は気持ちを切り替えたつもりではいたが、完全ではなかった。

「常《つね》にベストなコンディションで戦闘に入れるとは限らんのだぞ！」

京香にしばき倒されてしまう優希。

しかし打ちのめされても不満はなかった、京香の言う通りだと思ったからだ。

「わかったか優希！」

「は、はい、わかりました」

人間の体に戻った優希。

その眼前に京香が顔を近づけてくる。

「ン……」

今回の褒美は、キスだった。

今まで自分を叱りつけていた京香だが、その唇《くちびる》や吐息《といき》は甘かった。

「京香さん」

「変態は大人しくしていろ。ン、ちゅ…」

そう言って、優希と唇を合わせる京香。

リズミカルに唇を触れていく。

「舌入れるぞ」

京香は舌を差し入れて、優希の口内をヌルヌルと舐めていく。

「ン、いつも通り、お前の味がする」

「そんな特徴的なんですか？　もしかして不味《まず》い？」

「不味くない。続けるぞ」

やがて控《ひか》えめにしていた優希の舌を絡め取ってきた。

背中に腕をまわして、ぎゅっと抱きしめているので、優希はそのまま身を任せていた。

唇と唇が離れる。

二人の視線が絡み合った。

「訓練、再開するぞ」

京香はすぐに、スイッチを切り替えたようだ。

改めて対峙《たいじ》する優希と京香。

すると優希は突然吠《ほ》えた。

「うおおおおおおおお!!!」

叫ぶことで無理矢理、戦闘のスイッチを入れたな。その意気や良し、だが」

叫んでいる最中に、優希は叩きのめされていた。

「隙だらけだ。もっとスマートに短く切り替えるんだな」

※

日が暮れても、京香に鍛え続けられる優希。

そして訓練が終わると、今度は優希はシャワーへと導かれた。

「今回の褒美は一緒に風呂系か。私に体を洗ってほしいというのだな、変態め」

「す、すいません汗でベトベトだとは思ってましたけど」

「大人しくしろ、しっかり磨いてやる」

京香にゴシゴシと背中を磨かれる優希。

「…っ」

「しみるか？　我慢するしかないな」

　そう言うと、京香は傷口を優しく舐めてくれた。

「京香さん、わざわざありがとうございます」

「こういう褒美なのだ、受け取っておけ」

　シャワーから出ると、気がつけば夜も深くなっていた。

「俺、急いで何か作りますよ」

「今晩は私が食事を作ろう」

「え、でも」

「たまには、そういうのもいいだろう。お前は疲れているだろうしな」

「それを言うなら京香さんだって」

「フッ、私は元気だぞ」

　ぐるぐると腕を回す京香。

　強がりではないというのが優希はすぐわかった。

「俺だっていけますよ。京香さんがさっき癒《い》やしてくれたから」

「ごほん、さっきのことは言うな」

　顔を赤くして咳払《せきばら》いする京香。

「褒美というか、ねぎらいだな。何故《なぜ》だか作ってやりたくなった。素直に受け取っておけ」

「京香さんの料理、楽しみです」

「あまり期待されても困るがな」

「作るところを近くで見てもいいですか？」

「邪魔はするなよ。プロの目から見たら、包丁使いも未熟だろうからな」

そう言うと、京香がナスときゅうりを、一瞬でみじん切りにしてみせた。

「そもそも包丁の動きが速すぎて見えなかったです」

「これは夏になると、故郷でよく食べていたものだ」

そう言うと、ネギやミョウガなども刻《きざ》んで投入し、醤油《しょうゆ》をプラスして、かき回していく。

「だし、と言われる料理だ」

「いい食感です。ナスやきゅうりの切り方が上手だからこそですね。野菜のミックスされた美味さがあります」

「豆腐とかにかけても美味いぞ。私はよく、ご飯にかけていた、ほら」

「薬味《やくみ》代わりとして素敵《すてき》ですね。今晩は山形郷土料理フルコースが味わえるのかな？」

「いや、故郷の料理はこれで終わりだ。いも煮《に》なんかも作れるがな」

そう言いながら、京香は魚や貝やイカなど、海産物を豪快に鍋《なべ》の中へと入れていった。

「海鮮鍋ですね」

「こういうのが好きだ。夏だがあえて鍋でいく」

「うん、ワイルドな風味ですね」

「出汁《だし》が美味いな」

「京香さん、お酒一杯ぐらいなら飲んでもいいんじゃないですか」

「今は飲まん。それより、シメにうどんを入れてみよう」

どこまでも京香は真面目だった。

※

夕食を終えて、デザートのわらび餅《もち》を食べながら二人は一息ついていた。

「ぷるぷるしてて美味いな、とろけるような甘みもいい。流石銘菓《めいか》だ」

「こういう甘味も用意してくれていたなんて、ありがたいですね」

「んー。きな粉《こ》の香りも素敵だ」

「京香さん、昨晩の続きやりませんか？　質問を交互にするやつ」

「ふむ。あれはたまにやるから面白いのだが」

「俺は、やりたいです」

じっ、と京香を見る優希。

「なんだお前、おねだり上手だな」

優希は京香の機嫌が良いのを見抜いていた。

「仕方ない、いいだろう。少しだけだぞ」

「ありがとうございます。昨晩は京香さんが質問するところで終わりましたよね」

「おねだりするということは聞きたいことがあるのだろ？　優希から言ってみろ」

「京香さんと手合わせしていて、改めて刀の威圧感《いあつ》に驚きました」

「あぁ、私の刀か」

「その刀はオーダーメイドなんですよね？」

「勿論《もちろん》だ。儀部加奈女《ぎぶかなめ》という刀鍛冶《かじ》であり、能力者が打った刀だ」

「刀を造《つく》る能力なんですか？」

「造る刀の質を跳ね上げる能力だ。醜鬼を倒しうる刀となる」

「手に入れた経緯《いきさつ》を聞いてみたいです」

「この刀に惹《ひ》かれたようだな、いいだろう」

京香が自分の刀を優希に見せる。

「儀部さんと出会ったのは、魔防隊に入ってすぐだ。私が支給された刀を折ってしまってな」

※

岐阜にある工房で、京香と加奈女は向かい合っていた。

「決して折れない刀が欲しいのです、儀部さん」

「いつもそのように念じて打っているのよ京香」

「ですが大きめの醜鬼を斬《き》ったときに折れてしまいました」

「能力で折ったんじゃないとか、耳を疑ったわ。普通に戦って普通に折れたとか」

「ありえないと下村《しもむら》組長も苦笑してました」

「だから直談判《じかだんぱん》するため岐阜の山奥まで来たと」

「もっと、ありたっけの念をこめてほしいのです。醜鬼を絶滅させるための刀が欲しい」

「凄《すご》い目をするのね京香。ある意味、私と同じだわ」

「はい、私も儀部さんからは同じ匂いを感じました」

「私はひたすら武器を造ることが生き甲斐《がい》」

「私は醜鬼をひたすら倒すことが目的。儀部さんの刀を最大限使わせて頂きます」

「いいわ、最高の刀を打ってあげる。てか、そう言わないと納得しないでしょ」

「ありがとうございます」

「貴方《あなた》が刀を振るう姿を一度生《なま》で見せて。イメージを目に焼き付けてから、仕事にかかるわ」

「はい。こうですか！」

「凄い迫力ね。こりゃあ普通の刀じゃ振るっただけで壊れるわ」

「ふっ！　はっ！」

「それだけの剣技《けんぎ》、その若さでよくもまぁ」

「醜鬼を倒したい一心で身につけました！」

「私は、父親が刀鍛冶だったのよ。その後ろ姿を見て格好《かっこう》いいなと思ってたら、気がついたら跡継《あとつ》ぎになっていたわ。桃の能力も、鍛冶向けだったしね」

「鍛冶のスペシャリスト、ということですね」

「他には何もできないけど、鍛冶については誇りを持っているわね。だから私も同類のスペシャリストには敬意を払う。しかもそのスペシャリストの仕事道具を依頼されてるんだから、燃えてきたわね」

※

「時間をかけて完成したのが、この刀だ」

「素人《しろうと》の俺が見ても凄い刀だってわかります」

「まれに、メンテナンスに儀部さんのところに行っている。刀を渡すと、何匹斬ったかしっかりと当ててくるんだ」

「岐阜まで行ってるんですね」

「いつかお前に儀部さんを紹介しよう。ストイックな人だが、仕事ぶりを見ているだけで、心が洗われるぞ」

「俺も家事のプロと断言できるように精進します」

「長い語りとなってしまったな。そろそろ寝るか」

「はい」

「また眠れなくなったら呼べ」

「夜も深いし、よく眠れると思います」

その言葉通り、優希は爆睡《ばくすい》できた。

※

保養所に来て三日目の朝、魔防隊に帰る日がやってきた。

「お前、昨晩大声で寝言言ってたぞ」

「えっ」

「私の名前を呼んでいた」

「夢の中でも訓練してました」

真面目な二人は会話しながらも後片付けをしっかりと済ませる。

「後は帰るだけだが、最後にひとつ確認することがある。覚えているか？」

「もちろん。ここに来た初日に定めた第二目標ですよね」

「そうだ。早速第二目標の発表といこうか」

「はい。どうやって発表する決まりなんですか？」

「せーのだ。せーの」

互いに、手帳へ記した第二目標を開示する。

〝優希と交流を深める〟

〝京香さんと交流を深める〟

「これは……」

「フフ。似たもの主従ということだな。私の目標は達成できていたか？」

「達成も達成、大達成ですよ。色々な話ができました。俺はどうですか」

「そうだな、まぁ合格ということにしておこう」

「やった、京香さんと深まった！」

「声に出さないでいい」

「主と仲が深まるのは嬉しいです」

その時、京香の端末から、ほら貝の音が一回だけ鳴り響いた。

「日万凛からだ」

「！　魔都からの緊急連絡」

「七番組寮から南二キロに醜鬼の大軍が現れた」

「あぁもう、折角《せっかく》何事もなく過ごしていたのに！」

「最終日の帰る時に現れたのだから、贅沢《ぜいたく》も言えん」

「どうしますか？」

「お前に乗って駆けていくさ。その方が速い」

差し出される京香の手。

優希は自《おの》ずとしゃがんで、その手にキスをした。

優希が奴隷形態へと変貌《へんぼう》していく。

「屈服させに行くぞ、優希！」

「はい!!」

気力漲《みなぎ》る二人の主従は、あっという間に山間部を駆け抜けた。

そして魔都に辿《たど》り着き、醜鬼たちを全く苦戦せず倒してみせた。

（鍛えれば鍛えるほど、それに応《こた》える。最高の奴隷だぞ、優希！）

京香は優希との主従関係なら、大願《たいがん》を成就《じょうじゅ》できると確信していた。

第二章　七番組編

魔防隊《まぼうたい》記録　八月一日　午後二時三十分　七番組持ち場で魔都災害発生。

神奈川県足柄下《あしがらしも》郡箱根町《はこねまち》付近を走行中だった観光バスが突発的に出現した門により、魔都へ迷い込む。

観光バスは添乗員の指示で全員バスの中で待機。

多数の醜鬼《しゅうき》による襲撃《しゅうげき》を受け、特殊な外見をした醜鬼によりバスが横転する。

七番組が到着、醜鬼を殲滅《せんめつ》する。

バス横転時の衝撃で怪我人《けがにん》多数出るも、死者は零《ゼロ》。

多数の目撃者がいた特殊醜鬼は、倒した醜鬼の中に確認されず。

門を通過して現世に出てしまった可能性を考慮したが、醜鬼の目撃も被害も無く、箱根付近を醜鬼発見に特化した能力者が探索したものの、特殊醜鬼は発見されなかった。

特殊醜鬼はバスを横転させてから魔防隊が来るまでの短い間に、逃走したと推測《すいそく》される。

※

八月四日　午前五時十分　七番組持ち場で魔都災害発生。

門が発生、その周辺に醜鬼五体（うち一体は八月一日に出現した特殊醜鬼と外見が一致）を大川村寧《おおかわむらねい》が能力にて視認。

そこから醜鬼四体が門を通過して現世・大分県国東市《くにさきし》国東町《くにさきまち》に出現。

羽前京香《うぜんきょうか》ら七番組も門を通過して国東町に到着。

現世に出ていた醜鬼が被害を出す前に殲滅する。

七番組の到着が極《きわ》めて迅速《じんそく》だった事、現世に醜鬼が現れた場所が人のいない田地であった事が幸いした。

特殊醜鬼は現世に通じる門を通過せず、土中へと消えた事が大川村寧により視認されている。

この土中に素早く隠れる特異性を持つ特殊醜鬼を「金平鹿《こんへいか》」と命名。

※

八月七日　午後十時五十分　七番組持ち場で醜鬼の大量発生。
大川村寧により「金平鹿」、醜鬼の群れの中に視認される。

しかし金平鹿は、すぐに土中へ姿を消す。

駆けつけた七番組が、大量の醜鬼を殲滅。

一部の醜鬼達は合体して巨大醜鬼と変貌《へんぼう》したが能力によって巨大化した七番組の駿河朱々《するがしゅしゅ》によって討伐《とうばつ》される。

※

「魔防隊が駆けつける前に、すぐに土中へ逃げてしまう特殊醜鬼か。腰抜けなやつだ」

なかなか倒すことができない金平鹿に対して、京香が忌々《いまいま》しげに呟《つぶや》いた。

「チキンな性格のせいで、被害は出ていないわけですし」

「違うぞ朱々。被害が出ていないのは、皆が頑張っているおかげだ」

京香が金平鹿の画像を指さす。

「見ろ、いい体格をしている。一般的な醜鬼より明らかに強いぞ。駆けつけるのが少しでも遅ければ危なかった」

「確かに。そう考えると寧っち、発見早いからお手柄《てがら》だね」

「寧は被害がなくてホッとしてます」

寧の表情にはわずかに疲労の色が浮かんでいた。

「今のところですが、金平鹿は自分たち七番組の持ち場にしか現れていません」

副組長である日万凛《ひまり》が、状況を報告していた。

「この金平鹿、三日ごとに現れるという特徴があります。偶然でしょうか？」

「特殊醜鬼には個性がある。こういう傾向は注視すべきだな。次の三日後は…八月の十日か。要警戒《けいかい》だ」

「はい、十日は巡回を強化します」

「何か罠《わな》を設置できればいいのにね、山ではそうやって獣《けもの》を捕らえるっていうじゃん。醜鬼用の罠、作ってほしいなぁ」

「以前、捕獲《ほかく》罠の試作品はあったらしいぞ。ところが罠にかかった醜鬼は地面ごと罠をくりぬいてしまったそうだ」

「うひゃー、野生の熊《くま》が可愛《かわい》くみえる」

「捕獲じゃなくて、醜鬼だけに効《き》く地雷みたいなのがあればいいんですけどね」

「地雷のような罠も作ってみたそうだ、これは効果があったらしいが、効果があるものを作るのに時間と労力がかかりすぎてしまうらしい。なにせ人間と醜鬼を識別しなくちゃいけないんだからな」

「識別できないと、突発的に魔都へ迷い込んだ人が踏んだら終わりですからね」

「醜鬼が踏んだ地雷の爆風が当たる可能性もあるし…やっぱ地雷は無理があるかぁ」

「ともかく金平鹿は要警戒だ。ただ、そいつだけ気をつけて他の醜鬼を疎《おろそ》かにする、なんてことのないようにしよう」

「はい、組長」

「寧、疲れているだろう。しっかり休むようにな。リラックスしろ」

「大川村寧、しっかり休みます」

「よし。解散する。御苦労だった」

ミーティングを終えて、七番組の面々はそれぞれ通常任務に戻っていった。

「ちょいちょいユッキー。アタシの部屋、少し掃除してよ」

駿河朱々はそう言って、優希《ゆうき》の腕を掴《つか》んだ。

「はーい連行しまーす」

「連行しなくても行くって朱々ちゃん」

優希は朱々に手を引かれて、彼女の部屋へ向かった。

「ほらほら部屋に入って」

そして優希が部屋に入るように、体全体でぐいぐいと押す。

「朱々ちゃんの部屋、初めの頃と違って大分片付いたよね」

優希は朱々の部屋を眺《なが》めて、感心している。

「まぁそりゃねぇ」

「でも細かいところの汚れを見過ごしているよ。まぁだからこそ俺を呼んだんだよね。任せて」

嬉々《きき》として掃除をする優希。

それを朱々は、じっと見つめていた。

「どうしたの？」

「ユッキー、はじめの頃はもっといやいや掃除してたのに」

「あの頃は掃除以前の問題だったでしょ、パンツとか落ちてたし」

「あー、しっかり覚えてる」

「そりゃそうでしょ」

「そりゃそうなんだ」

朱々が愉快《ゆかい》そうに笑う。

「女子高生のパンツは嬉《うれ》しかったでしょ」

「ごほん。そういえば朱々ちゃんって全然高校行ってないね。寧ちゃんはちょくちょく登校してるのに」

「今、夏休みですし」

「それ以前も行ってなかったような」

「まぁ魔都の刺激を知ってからは、高校は退屈すぎるよ」

「じゃあ高校にはもう行かない感じ？」

「そうなるねぇ。希望すりゃ勿論《もちろん》通学はできるけど、アタシは魔都がいいな。超絶イケメン管理人もいるしね」

「いじってくるなぁ」

「でもユッキー、はじめに来た時より、いい顔してるよ」

「え、本当」

「うん、醜鬼相手に戦闘を繰り返してきたんだから、そりゃ変わるよね」

「そうかぁ、それは嬉しいなぁ」

「体つきも、よくなったしね」

朱々が優希の腹を軽く叩《たた》いた。

「ところでユッキー、休憩《きゅうけい》時間いつ?」

「三時間後だね」

「ちょっとゲームできる?」

「寝落ちするかもしれないよ」

「そしたらここで寝ていいからさ。たまにはレトロゲームやらない?」

朱々が持っていたレトロゲームのカセットを優希に見せる。

「あっ、こういうのも持ってるんだ」

「自宅から送ってもらった。やりたい?」

「やりたいやりたい！」

「オッケー、じゃあ休憩時間待ってるよ」

そう言いながら、掃除をする優希を眺める朱々。

「ねぇユッキーは高校時代、モテなかったんでしょ」

「あぁ、悲しいぐらいにね」

「こんなに家事得意なのに」

「やっぱスポーツできたり、頭良いヤツがモテるよ」

「単に周囲の女子が見る目なかっただけじゃないかな」

「はい、掃除終わったよ」

「流石《さすが》。口を動かして、手も動かす」

朱々は優希を拍手《はくしゅ》で称《たた》えた。

「そんじゃアタシはちょっと昼寝しよーっと」

「はいよ、おやすみ」

※

「あんた、ちょっと」

「ほいよ」

朱々の部屋をキビキビ掃除し終えた優希は、今度は日万凛に呼び出された。

「自分、一時間半後にパトロールなんだけど、ラーメン食べてから行きたいわ」

「へい、ラーメン一丁ね。で、どういったラーメンを？」

独創的なものや、夏を感じるものなど、日万凛はラーメンについて結構無茶ぶりをしてくる。

だが優希も、リクエストにできるだけ応《こた》えるよう作るのは望むところだった。

「今日は、正統派な醤油《しょうゆ》ラーメンがいいわね。麺《めん》ちょっとカタメで」

「わかった、やってみる」

「ラーメンの話をしてたら、今からお腹空《なかす》いてきちゃった」

「わかりやすい体をしているな」

「あっ、なんかその言い方、いやらしい！」

「そうやってすぐ結びつける方が、いやらしくないか？」

「はぁ？　…って、あんたと遊んでる場合じゃないわ、仕事仕事」

「確かに」

事前にスープを作ってる場合もあるが、今回は注文されてから作るので、優希は骨からではなく豚肉《ぶたにく》の煮汁《にじる》などを用いてスープを作った。

「いい匂《にお》いがしているな」

「京香さんも食べますか、ラーメン」

「いや、私はまだいい」

水分を補給して、優希の肩を叩いてねぎらい、京香は仕事に戻っていく。

主《あるじ》のねぎらいもあったので、優希はいっそう気合いを入れてラーメンを仕上げた。

※

出来上がったラーメンを、日万凛は上機嫌で食べていた。

「んーいいラーメンじゃない。コレでいいのよ、コレで」

「何でそんなにラーメンが好きになったんだ？」

「特に理由なんてないわよ、美味《おい》しいから好きってだけで」

「まぁそういうもんか、好物って」

「色んな種類のラーメンが沢山《たくさん》出てるから飽《あ》きが来ないってのもあるわよね。日本各地にあるご当地ラーメンとか、いつか制覇《せいは》したいわ」

「俺に各地の味を学んで習得しろとか無茶ぶりはやめてくれよ」

「それは本当に無茶だからしないわ。やっぱそういうのは現地じゃないと百パーセントの味は出ないと思うのよね」

「なんだかストイックな意見だ」

「ラーメンとは、情熱だからよ」

そう言いながら、日万凛はラーメンを完食していた。

「ご馳走様《ちそうさま》。じゃあパトロール行ってくるわ」

「気をつけて」

日万凛は満足して、元気一杯でパトロールに飛び出していった。

見送った優希が衣服にアイロンをかけていると、寧が居間にやってきた。

冷蔵庫に保存してあるミルクをこくこくと飲んでいる寧。

「寧ちゃん、疲れが完全にとれてないね？」

「肩がちょっと張ってしまいまして」

アイロンをかけ終わった優希が、寧の肩に触れる。

「わ、寧ちゃん、小学生なのに肩がカチカチだよ」

「肩こりに悩む同級生の友達もいますよ」

「そうなんだ」

「寧はいつもは平気なんですけど、ちょっと能力を使いすぎました」

「能力って、千里眼《せんりがん》？」

「特殊醜鬼は早く倒さないと危ないですから。寧はいち早く発見しないと」

「だから千里眼を使い続けて、肩が……」

「寧の体が組長のように、もっと丈夫ならいいんですけど」

「京香さんは例外すぎるよ」

この前、大勢の醜鬼を倒している時、多勢《たぜい》に無勢《ぶぜい》で京香は相手の攻撃を一発もらっていた。

そもそも、これは珍《めずら》しい出来事だった。組長ともなれば、基本醜鬼に攻撃を食らわない。

しかし京香は平然としており、体に気合いを入れていれば、醜鬼の攻撃を受けても私は大丈夫だと言う。

京香以外は絶対大丈夫ではない、と優希は思った。

「寧ちゃん、ちょっと揉《も》んでいい？」

「はい、お願いします。寧の休憩時間は、もう少しありますので」

優希が、寧の小さな肩を丁寧《ていねい》に揉んでいく。

小学生なんだから強い刺激は駄目だ、ソフトにツボをさするような感じで、むしろ弱めに弱めに肩を揉んでいく。

「おふあああああ」

「大丈夫？　寧ちゃん」

「あああ効きますぅ」

リラックスしきった声だった。

「良かった」

その後優希は、温かい蒸しタオルを寧の両目にのせた。

「じんわり気持ち良いです」

「そのまま十分待機でお願いします、上司殿」

「優希さんこそ働き過ぎじゃないですか？」

「俺はもうすぐ休憩だから大丈夫だよ」

「それは良かったです、休む時はしっかり休んで下さい……ね……」

「寧ちゃん？」

気がつけば寧は寝ていた、よほど気を張っていたのだろう。

「金平鹿とかいったな。特殊醜鬼め、早くなんとかしないと」

優希は寧の寝ているところを、家事をしながら見守っていた。

※

自身の休憩時間になったので、まず優希は電話を一本かけた。

友達の諏訪《すわ》から電話をもらっていたので、折り返したのだ。

「よぉ優希、久しぶり」

「おお、電話もらってたからさ」

「何かあったわけじゃねーんだよ、ただお前が、魔都でどうしているのかと思ってよ」

「元気でやってるぜ」

「優希は魔防隊に入ってるわけだから、連絡しにくかったけどよ、さすがにそろそろ声が聞きたくなってよ」

「言われてみりゃ魔防隊についていくのに必死で、なかなか連絡できなかったな」

「そりゃ俺も同じだぜ。新社会人の辛《つら》いところだよな」

諏訪は現世の企業に就職している。

「ただお前の上司、羽前さん、めちゃくちゃ美人だろ、そこは本当に羨《うらや》ましいわ」

「美人すぎると、ちょっと萎縮《いしゅく》するぞ」

「けっ、贅沢《ぜいたく》な悩みだぜ」

「お前は職場どうなんだよ」

「営業として年上のおばさまたちにコキ使われて辛いさ。なんか辛いことがあるたびに、お前たちに会いたいなって思うわ」

「おお、今度飯《めし》行こうぜ」

「なんだ、お前時間作れるのか？」

「作れなくはないぞ」

「行こうぜ、行こうぜ。なんなら毎週行きてーわ」

「服部《はっとり》も誘ってな」

「体には気をつけろよ。魔都っていわば戦場にいるようなもんだろ？」

「あぁ、ありがとう」

電話を終えた優希は朱々の部屋に向かった。

「待ってたよユッキー。さぁゲームしよ、ゲーム」

朱々が持っているレトロゲームを並べてみせた。

「これだけ持ってるぜい」

「カセットゲーム持ってる友達がいてさ。ちょっと流行《はや》ったんだよね。このF－MEGAとか」

「アタシたち、対戦しがちだから、ここは協力プレイでシューティングっしょ」

「これベルとっていくやつね、知ってる知ってる」

朱々と優希は、しばらくゲームを楽しんだ。

※

優希が寮の風呂場を掃除していると、寧がやってきた。

「寧ちゃん、温泉入る？　ごめんちょっとだけ待ってね」

「大丈夫です、寧はもう入りましたから。そろそろ寝る時間です」

「今日一日、お疲れ様」

「そこで優希さん、お願いがあるのですが。寧の寝るところを見ていてくれませんか」

「えっ」

「寧はしっかりと寝て、体力を回復させないといけないのですが。こう、寝ようと思うと余計に眠れない気がしまして」

「わかる、凄《すご》いわかるよ」

「今日、優希さんにマッサージしてもらったら、寝てました。あれを試したくて」

「眠らせるのは、俺より京香さんが……あ、京香さんは今、打ち合わせで外出中か」

千里眼の力を鈍《にぶ》らせると索敵《さくてき》が遅れて、人命に関《かか》わることになるかもしれない。

だからこそ寧はちゃんと休んで、体力を回復させたいと願っているのだ。

寧の気持ちを汲《く》んだ優希は、眠るのを見届けることにした。

寧の部屋は、きちんと片付けられていて、優希のメンテナンスが殆《ほとん》ど必要ない。

寝やすいように、寧と視線を合わせて横になる優希。

「すいません、お付き合いいただいて」

「寧ちゃんは上司だから、ただ俺に命令してくれればいいんだよ」

「こういう命令は、越権行為かなと思いまして」

（難しい言葉を知ってるなぁ）

優希は自分が小学校高学年の時を思い出してみた。

友達と無邪気に遊んでいた記憶しかない。

その年齢で、ここまで大人の寧は偉いと思った。

「な、なんだか寧を見る視線が熱いですね」

「これはね、尊敬の眼差《まなざ》し」

「部下に添い寝をお願いする上司がですか？」

「正当な理由があるから。むしろ、真面目《まじめ》で尊敬するよ。マッサージするね？」

「はい、宜《よろ》しくお願いします」

優希は、寧の体を優しく丁寧にマッサージしていった。

「はぁぁ、やはり効きますぅぅ」

寧はリラックスした声を出す。

「すぅすぅ……」

そして、すぐに寝息を立て始めたのだった。

優希は寧を絶対に起こさないよう、ゆっくりゆっくりと部屋を出た。

※

八月八日。

魔都の中に、四季はない。

しかし天候の変化は激しく突如《とつじょ》大雨が降るかと思えば、気温も大きく変化する。

現在は気温三十度、数時間前までは十九度だった。

朱々と日万凛はパトロールに出ており、優希、寧、京香は寮内にいた。

京香は休憩時間ということで、居間でアイマスクをつけて横になっている。

アイマスクの表側には心頭滅却《しんとうめっきゃく》と書かれている。

「いきなり暑くなるね。体温の調節が追いつかなくて、キツくなる人とかもいそうだ」

「魔都の環境に適応できないと厳しいと言われています」

「寧ちゃんは大丈夫？」

「ここは涼《すず》しいですから」

寮の中にはエアコンが完備されている。

現世と門で繋《つな》がっている魔都の寮は、技術と能力で電気や水などを問題なく使用可能だ。

「ただ、いきなりの突風は注意ですね、寧、危うく一度飛ばされそうになりました」

「それは怖いね」

そんな会話をしているうちに、また外の気温は上がっていた。

「朱々ちゃんと日ノ凛はキツそうだな」

「これぐらいの気温なら、あいつらは問題ない」

アイマスクをして横になっている京香が口を挟《はさ》んできた。

「起きてたんですか、京香さん。部屋に戻ってしっかり寝られては？」

「まぁ寧もお前も居間にいるから。折角《せっかく》だから私もいるさ。心配するな、休めている。それと私に遠慮して会話を慎《つつし》む必要はないからな。部下たちの声というのは案外心地が良い」

一気にそう言うと京香は再び寝息を立てた。

「寧ちゃん、この動画見て。猫ちゃんが可愛いよ」

動物の和《なご》む動画を寧に見せていく優希。

「はぁぁ、とっても可愛いですね。猫さんは神様が可愛い動物さんを作るぞって頑張った動物ですよね」

優希は他に、自然のライブカメラの動画なども持っているが、刺激の強い映像が入るかもしれないので、それを寧に勧《すす》めるのはやめておいた。

「そろそろ二人が帰ってくるな。冷やしておいたラムネを出そう。寧ちゃんも飲む？」

「はい！」

「魔都は季節感ないからね、せめて季節を感じるものを」

「私も飲むぞ、ラムネ」

京香は既《すで》に起き上がっていた。

すると寧をひょいと担《かつ》ぎ上げて、寮内を歩きはじめる。

天井の高い所では、片手を掲《かか》げて手のひらに寧の体を乗せていた。

「あはは、寧これ、空飛んでるみたいで好きです」

京香なりの、寧とのコミュニケーションのひとつのようだ。

時々目撃される寧と京香が遊んでいる姿は優希を癒《い》やしていた。

しかし、時々気になる会話もある。

「寧。やはり鍛錬《たんれん》は重要だ。鍛《きた》え抜いた肉体は、あらゆる局面に対応できる」

そんなことを寧に教えこんでいて、寧も熱心に聞いている。

寧もいずれは、武闘派になるのだろうか。

それはわからないが、なんだか少し複雑な気分になる優希だった。

※

やがて、日万凛と朱々が汗《あせ》だくで帰ってきた。

「ちょっとあんまり近づかないでユッキー、汗だくだから」

「そうなってるとと思ってホラ」

「くあーっ！　冷えたラムネとかユッキーわかってるぅ」

「気が利《き》くわね。白分もこれ好きなのよ」

「ひまりん、お嬢様なのにラーメンとか炭酸とか好きだよね」

二人は喜んでラムネを飲んでいる。

「久しぶりに飲むが、美味《うま》いな」

京香はあっという間に飲み干していた。

「世間《せけん》ではお祭りとかの時期だろうなー」

「寧、盆踊りやりたいです」

「自分は焼きそば食べたいわねー」

「焼きそばなら、いつでも作れるよ」

「ああいう場で食べるから美味しいんじゃない」

「アタシ、スーパーボールすくいは超得意だったよ」

「それはなんですか？」

「えっ、スーパーボール知らない？　ショック」

「私は子供の頃、縁日《えんにち》でひよこを買ったな。元気な鶏《にわとり》に育ったものだ」

「京香さん、ひよこ育ててたんですか」

「中学に入るときに、転校したから引き取ってもらったんだが、今でも元気な写真が送られてくるぞ」

「今も生きてるんですか、凄いなぁ」

「ああいうのって早く死んじゃうって話だよね」

「なに。気合いを注入しているからな」

「やっぱり気合って凄いんですね」

一同は、一休みした後に仕事に戻っていった。

※

八月九日は何事もなく、皆が仕事に打ち込んでいた。

八月十日。

特殊醜鬼である金平鹿の出現が予測される日である。

寧はより気合いを入れて七番組受け持ち区画を偵察《ていさつ》していた。

「門が出ました！　金平鹿と、醜鬼二〇匹ほどそこに出現！」

「よく見つけた寧。パトロールに出ている日万凜の位置が近いな」

京香が日万凜に指示を飛ばし、自《みずか》らも優希に乗って出撃する。

連絡を受けて、最速といってもいいスピードで現場に到着する日万凜。

「金平鹿は…いない⁉」

「駄目です日万凛さん、すぐに土中に潜ってしまいました」

寧からの通信を受けて、日万凛は怒った。

「どこまで腰抜けなのよ」

そして腕を銃器に変え、残っている醜鬼の群れをあっという間になぎ払った。

京香と優希が駆けつけた時には、醜鬼は全《すべ》て日万凛が片付けていた。

京香は、優希を軽く抱きしめて、頭をよしよしと撫《な》でた。

「まぁ今回はこんな程度だろうな」

それでも相当に嬉しい優希だった。

※

七番組は居間でミーティングをしていた。

「犠牲者《ぎせいしゃ》が出なかったのはいいけど……」

「不気味なのは、戦える魔防隊が迫ってくるとすぐ逃げるが、民間人のバスはしっかり襲《おそ》っているということだ、戦えるか戦えないか判断している」

「狡猾《こうかつ》な醜鬼ってヤツかな。でもアタシだって頭は使うんだよね」

朱々が魔都での七番組受け持ち区画の地図を取り出した。

「これ見てください組長。出現位置が段々と南下してます」

「そうだな。だからこそ今日は出現場所をだいたい予測して、日万凛を置いといたのだが」

「となると次の出現位置は八月十三日、南のここらへんですよね」

「ああ、何か作戦があるのか朱々」

「待ち伏せしとけばいいんですよ。現れたら、すぐさまこっちが襲いかかる」

「待ち伏せしてたら、そもそも出現せずに別の所から出てくるんじゃ？」

「ふっふーんひまりん、何も正直にそのままで待ち構えようってんじゃないよ」

朱々が、どこからか羽扇《うせん》を取り出した。

「このアタシが体を縮《ちぢ》めて、気配を消して待機してる。んで、現れたら即座に巨大化して、土中に潜る前に捕まえてバチコーン！　伏兵《ふくへい》だね」

「体を小型化したまま、魔都で一人待機するというのか」

「危なすぎるよ朱々ちゃん」

「確かに凄いスリルだね。でもそろそろ倒しておかないと」

「わかった。朱々、よく言ってくれた。その度胸《どきょう》とアイデアを買おう」

「お任せあれ！」

「日万凛と優希も近くに伏させておこう。朱々が交戦に入り次第《しだい》、日万凛は無窮《スレイブ》の鎖を使え。

スピードの出るお前の形態ならすぐに援軍として到着できるだろう」

「了解しました」

「金平鹿が予想通り動かないことも考えないとな。そうなった場合は私が対応しよう」

つまり金平鹿がこちらの思惑《おもわく》通りに現れた場合は、京香抜きで倒す必要があるということだ。

日万凛と朱々は拳《こぶし》を握り、気合いを入れていた。

※

「地面に飛び込んでから、潜りきるまで五秒ないぐらいでした」

金平鹿を千里眼の能力で視《み》ていた寧から、様々な情報を聞き出す朱々。

「五秒もあれば余裕で逃げようとしたところを捕まえられるね」

「外見的特徴は、今回も変わりありません。シュモクザメのような頭部です」

「オッケーオッケー」

「小さいまま待機することについては、俺は心配だよ、猫にだって食べられるサイズでしょ」

「魔都に猫はいないよユッキー」

「でも天候は変わりやすいから、いきなり突風とか吹いたら、飛ばされちゃうよ」

「そしたら瞬間的に元に戻ったりして、やり過ごすって。ユッキー、七番組にいるアタシを舐《な》めたら駄目だよ、組長に鍛えられるんだから」

「そっか」

「そう、組長がいけると判断したから、この作戦許可してくれたわけで」

「わかった。気をつけてね」

「むしろ心配は自分と優希の連携よ」

日万凛がやってきた。

「素早く朱々の援軍に駆けつけなきゃね。訓練で精度をあげておくわよ」

「そうだな、やっておこう日万凛」

日万凛は他者の能力をコピーできる。

京香の「無窮の鎖《スレイブ》」をコピーして、優希の主となることもしばしばあった。

二人は、パトロールがてら七番組寮から離れていく。

七番組の中で、優希単体と寧は非戦闘員扱いであり、たとえ寮の中であろうとも、単体でいさせることはないように配慮されている。

もし寧が寮で一人残ることになった場合には、他の組に連絡が入っており、いざとなればすぐにフォローできるような態勢が構築されている。

優希も同様であり、優希が単独でいることは基本ない。

京香が打ち合わせで寮にいなくて、優希が寮にいる場合、日万凛か朱々のどちらかは寮にいる。

結界《けっかい》つきの寮の中ではあるので、戦闘要員が休憩で睡眠をとっているケースも多いが。

有事の際はすぐに起きて対応が可能である。

当然魔都に出向く場合、優希単独で行くことはありえない。

「さてさて、明日は何のラーメン食べようかしら」

「またラーメンの話か」

「いいでしょ。魔防隊やってる時の楽しみの一つなんだから」

「ちなみに他の楽しみって何なんだ？」

「そうねぇ、ちなむと寝るのは好きよ」

「へぇ寝るのが好きか」

「あ！　今、変なことを想像したでしょ、いやらしいわね」

「え⁉　してないよ」

優希は全く想像していなかったのでビックリしていた。

「前も言ったけどさ、そういう、いやらしいって言うヤツがいやらしいんじゃない？」

「ハァ？　あんなご褒美《ほうび》を要求するくせに、どの口が言ってるの」

「おい、パトロールの進路はもう少し右じゃないか」

「アンタに言われなくてもわかってるわよ」

「いいハンドル捌《さば》きだ」

「フフン。組長にも褒《ほ》められたのよ」

日万凛は優希より一つ年上なのだが色々あって敬語は使っていない。

それは日万凛からの命令でもある。

軽い口論めいたやり取りも多いが、それが二人のコミュニケーションだった。

日万凛によって優希が変身する奴隷《どれい》形態は速度重視のものだ。

日万凛は優希の機動力が増すように訓練した。

「そろそろ疲れてきた、このままだと勝手に変身が解けちまう」

「もうちょっと根性出せない？」

「出した上で言ってるっちゅーねん」

「あっ、副組長に対して言葉遣《づか》いが荒い」

「いいのか強制的に変身解けて」

「もー仕方ないわね、寮に戻るわよ」

寮に戻り変身を解く優希。

能力コピーなので当然、ご褒美も出す必要がある。

「こっちに来て」

日万凛に手を引っ張られて、風呂場に来る優希。

そして、脱衣場で日万凛からキスをされる。

日万凛は優希にキスをしながら、自分の服を脱ぎ始めた。

「ちゅっ、ほら、あんたも脱ぐのよ、ちゅっ」

お互いにキスをしながら、服を脱ぎ合う二人。

やがて裸《はだか》になると、日万凛はまた優希の手をとって、温泉の中へ引っ張っていった。

そして日万凛は優希と向かい合い、その瞳《ひとみ》をじっと見つめた。

日万凛の唇《くちびる》が、優希の鼻にそっと当たる。

その後、軽く甘く、日万凛は優希を嚙《か》んだ。

「自分に食べられたいのが、ご褒美？　こじらせてるわね、いやらしい」

そう言いつつ、頰《ほお》や耳などにも、はむはむと甘嚙《あまが》みしていく日万凛。

優希の顔全てに、キスの雨を降らせていく。

「でも、ちょっと美味しかったりしてね……」

「怖い冗談だな」

「声、少し震えてるわよ」

「く、くすぐったいんだよ、ンむ」

優希の唇に日万凛の柔らかい唇がムチュッと押しつけられた。

そうして口を甘く吸われていく。

日万凛の褒美はキスが多く、もうどれだけ唇を重ねたか数えきれない。

やがて日万凛の舌《した》が口内に侵入し、味わうように舐めていく。

優希の手が、こわばっていると、日万凛はその手をとって自らの体に添えた。

日万凛の体を撫でつつ、口を動かしていく。

「ンッ、なんか、うまくなってない？　いやらしい」

「そ、そっちこそ」

優希の口内が日万凛の唾液《だえき》の味で満たされていく。

「これ終わったら、また魔都で訓練するわよ」

「わかってる」

日万凛と優希は、厳しい訓練を繰り返した。

※

八月十一日。

優希が冷蔵庫の整理をしていると。寧がトコトコやってきた。

「優希さん。この後、台所空《あ》きますか？」

「うん、しばらく使わないね」

「ちょっとの時間、寧がお借りしてもよろしいでしょうか?」

「勿論。そういえば冷蔵庫に寧ちゃん名義の食材あったね。何か作るなら手伝おうか?」

「ありがとうございます」

寧が優希の手を握って、ぶんぶんと振った。

「いつも優希さんには気にかけていただいて」

「大袈裟《おおげさ》だよ」

「実は夏休みの自由研究がありまして」

(寧ちゃん、魔防隊やりながら夏休みの宿題までするのか、偉いなぁ)

「それで、何を研究するの」

「寧は巻き寿司《ずし》を作ります」

「巻き寿司」

「はい、巻き寿司が研究のテーマです!」

「し、渋い」

「えへへ。前にお話しした、寧を引き取ってくれた方。巻き寿司が好物なんですよ。片手でつまみながらお仕事ができるって」

「だから巻き寿司を研究しようと?」

「はい。巻き寿司の歴史や、日本各地の巻き寿司の特色とかは調べ終わりまして、後は作ってみる番です」

「プランもしっかりしているなぁ」

「いえいえ、当初の予定だともう終わってましたよ」

「それは魔防隊の仕事が忙しくなっちゃったんだから、仕方ないよ。それで巻き寿司の作り方はわかってる？　まぁネットとかに載《の》ってると思うけど」

「はい。練習の仕方も載ってるんですよ。黒いフェルトを海苔《のり》、白いフェルトをご飯に見立てて、巻いてみるとか。研究も兼《か》ねて、それはやりました」

「万全だね」

「備えよ常《つね》に、です」

「作るところ、隣で見てていい？」

「ありがとうございます、試食もお願いしていいですか？」

「喜んで。第三者のコメントもあった方が研究としていいしね」

「張り切って、マキマキしますね」

寧は手際良く準備を済ませて、巻き寿司を作りはじめた。

「海苔の上に、すし飯を広げて…この時、奥側に三センチ余裕を持たせて…と」

「すし飯、なるべく均一《きんいつ》に広げた方がいいよ」

「はい、均一均一」

「うん、いい感じ」

「そして、具材を載せていく……です！」

「この瞬間、楽しいよね」

玉子焼きやきゅうり、しいたけ、かんぴょう、おぼろ、カニ風味のかまぼこ…他にも様々な具材が丁寧に載せられていく。

「ええと、玉子焼きは中心に配置して…」

「凄い丁寧に置くんだね。手が少し震えているよ」

「これは研究の成果として写真も撮りますからね。何より優希さんも食べるわけですから、素《す》敵《てき》なものにしたいです」

そうして寧は丁寧に丁寧に、巻き寿司を作りあげていった。

「美味しくなるように、気合いを入れて巻きます」

(寧ちゃんも七番組の人間だとわかる発言だなぁ)

「むーん、美味しく美味しく…なって下さい」

巻き寿司にまで敬語だった。

「ふぅ、巻き終わりました」

「ある程度、海苔を馴染《なじ》ませてから切っていった方がいいよ」

「わかりました、時間をおきます。むーん、さーらーに、美味しくなってください……!!」

寧が置かれている巻き寿司に念を送っていた。

暫《しばら》くして巻き寿司は八等分されて、寧はその写真を撮っていた。

「うん、美味しいよ」

「具材を変えたものを、夏休みの終わりまでに数回作ってみます」

「凄いちゃんとした研究だ」

「もし時間が合えば、また食べてみて下さい」

「寧ちゃんの料理なら毎日食べたいよ」

「優希さん……」

二人は一緒に後片付けをした。

「優希さんは、この後どうされるんですか」

「洗濯ものを畳《たた》むよ」

「巻き寿司のお礼にお手伝いさせて下さい」

「ありがとう、お願い寧ちゃん」

寧は嬉しそうに微笑《ほほえ》んだ。

※

八月十二日。

朱々は、和倉《わくら》優希に恋をしていた。

いかに彼のハートを射止《いと》めるか、朱々は十重二十重《とえはたえ》に策を練る。

（ふむぅ。例《たと》えば山頂に陣を構えて、ユッキーと遊ぶというのはどうだろう、ハイキングでお互いが開放的になる……良いデートコースではあるまいか。登山が決まれば、登山前の買い物も一緒に行けるというコンボが発生するだろうし確実に二人きりになれて、手を繋《つな》ぐ機会が多い登山デートが決まれば距離は断然縮《ちぢ》まる、とネットにも書いてある）

だが朱々は七番組の隊員としての自覚もあった。

（いや、ちょっと遊ぶことに心が行きすぎてるな、反省反省）

恋にかまけて醜鬼撃滅を怠《おこた》るようでは、京香の部下としては失格だ。

休む時は休むとして、任務時間は醜鬼撃滅に精を出す、というのが朱々のポリシーだ。

それゆえ朱々が導き出した、優希を落とす策は。

「朱々が巨大化したままパトロールするだと？」

「そう、大きくなったアタシに組長やユッキーが乗るんです。そしてアタシは魔都を練り歩く」

「巨大化したお前に隠れている醜鬼が何か反応するかもしれないということか？」

「はい。組長たちも、いつもとは違う視点で索敵できます」

「ふむ、何事も試してみるべきだな」

（よし、醜鬼を狩《か》りつつ、ユッキーをドキドキさせる作戦、決行するよ。体を大きくできるのは、アタシにしかない持ち味。大きな女の子が好きという男子もいるとネットで知った。ユッキーの琴線《きんせん》に触れるかもしれない。本当はユッキーと二人で出かけたいけど、それだと何かあった時、ユッキーが危ないからね）

こうして朱々の次なる作戦が発動した。

そのパトロールの時間前に、朱々は念入りに体を磨《みが》いた。

体が巨大化するわけなので、何かあったら目立つかもしれない。

それでは折角の策が逆効果に働きかねない。

「我ながら、冴《さ》えてるよね。アタシってゲームになったら知力は九十七ぐらいあったりして」

そんなことを言いながら、朱々は己《おのれ》を磨き上げていた。

「それじゃユッキー。パトロール行こうか」

二十メートルほどに大きくなった朱々が、手を差し伸べてきた。

優希が、その手に飛び乗る。

「取り扱い注意ってことで宜しく」

「わかってるって」

優希は朱々の頭に乗った。

「アタシの頭上は、のどかな田舎道《いなかみち》ぐらい安全だよ」

優希は、朱々のリボンの部分をぐっと摑む。

「なんかロボットアニメの主人公みたいだな」

「乗り心地はどう?」

「良い感じだよ。シャンプーのいい匂いがする」

「ふふふ、ユッキーなら時々アタシに乗せてあげてもいいよ」

京香も寮から出てきた。

「準備はできているな、よし」

京香は地力で素早く朱々の肩にのぼっていった。

「ちゃんと手で肩まで運びますって組長」

「気にするな。優希、魔都ではいきなり突風も吹く。落ちるなよ」

「はい」

「よしいけ朱々。パトロールに出発だ」

「了解、駿河朱々、発進!」

巨大な体に優希と京香を乗せて、朱々が魔都を歩いて行く。

「おぉ、面白《おもしろ》い視点だ、魔都の地面がよく見える」

「寧の千里眼をフォローするんだ、細かい部分をよく見よう」

「これ、下を見るとなかなかスリルがあるなあ」

「そのスリルが面白いんじゃない」

「恐れに打ち勝て、優希」

たくましい女性陣だな、と優希はつくづく思った。

巨大な朱々が歩きながらも周囲を警戒する。

朱々の頭上にいる優希や肩の上にいる京香は、朱々の死角をフォローする。

(よし、朱々ちゃんの頭上にもだいぶ慣れたぞ)

優希がそう思った時、朱々が自分を頬を軽く、指でかいた。

「おおう、何かと思った」

「あ。ごめんごめん。一声かけるべきだったね」

ここまで巨大になっていると、体を少し動かすだけでも相当な迫力だった。

「奴隷形態になってないと、我ながら意外と怖がりだな」

「正常な感性ではあるぞ。男のお前が魔都で強気でも困る、慎重にな。怯《おび》えすぎは駄目だが」

この巨体で問答無用になぎ払っていく朱々の戦い方は、醜鬼が大量に出てくる七番組受け持ち区画に向いている能力だった。

突然、風が吹く。

優希は何とか朱々のリボンを握って落ちないようにしていたが、京香は平然と肩に乗っていた。

「あの岩場を少し調査してくる」

「降ろします」

「気遣《きづか》いは無用だ」

京香は生身《なまみ》で朱々の体を滑っていき、岩場へ着地した。

「ユッキーは、組長の真似《まね》しないでね」

「しないよ、やったら死ぬ」

「……あっ、まずい、くしゃみがでる」

「ちょっと待ってしっかり摑まるから」

「は、は、は」

「よし、いいよ」

「へっくち」

思った以上に朱々は揺れたが、心構えができていたので優希は落ちなかった。

「はぁ、はぁ。絶叫マシンみたいだ」

「じゃあ手のひらにする？」

「朱々ちゃんの手のひらが塞《ふさ》がっちゃまずいでしょ」

「口の中に入っとく？　冗談だけど」

「なんか、そういう魚いたね、小魚を口の中に入れるっていう」

「じゃあポケットとか、どう？」

そう言って朱々は自分のズボンの後ろポケットに優希を入れた。

「朱々ちゃんの後ろ視点をカバーできるけど、ここはちょっと」

「ん⁉　醜鬼いるじゃん、ユッキーそこでじっとしてて！」

「えええ⁉」

朱々が駆けると、その勢いでポケットの中に入っていた優希の体が揺れる。

しかも、いわゆる尻《しり》ポケットに入っているので、尻の弾力に体全体が包まれる。

朱々が足を動かすと、その密着感は一層強くなった。

（これ、朱々ちゃんが尻餅《しりもち》ついたら、俺は潰《つぶ》れて終わるのでは⁉）

ハラハラした優希だったが、さすがに朱々はそこらへんを気をつけて戦い、醜鬼を文字通り蹴《け》散《ち》らしていた。

ぐったりとした優希がポケットから救出される。

「大丈夫、ユッキー」

「な、なんとか」

「岩場は特に何もなかったな、朱々、醜鬼討伐良くやった」

こうして新しいパトロールの試みは、醜鬼掃討《そうとう》の成果はあったものの、特に目新しい発見はなかった。

「ユッキー。時々アタシに乗りたくなったら言ってね」

「必要な時以外は大丈夫かな」

「ふむぅ」

朱々は、めげずに次の策を練り始めていた。

※

八月十三日。

再び金平鹿の出現が予測される日である。

七番組は、かねてよりの作戦を実行する。

醜鬼出現予測地点に、小型化して気配を消した朱々を伏せさせておく、というものだ。

朱々は作戦通り、一人魔都の荒野で小型化していた。

どこから醜鬼が出てくるかわからない、いつ天候が激変するかわからない。

わずかな気の緩《ゆる》みが死に直結する中、朱々は気分が高揚していた。

(たまらないなぁ、これは)

退屈だった日々に求めていたものが、ここにある。

今、自分は全力で生きていると朱々は実感していた。

仲間がいて、良き上司がいて、恋もしている。
やはり今更《いまさら》高校に行く気にはなれなかった。
ふと、軽く地面が振動する。
地面が少し盛り上がった。
（ここら辺に出てくると予測したけど、まさか真下？）
しかしここで最小化を解けば逃げてしまうかもしれない。
朱々は元に戻るのをグッと我慢《がまん》した。
自分の心臓がドクンと激しく脈打つのがわかる。
足下から醜鬼が勢いよく出現した。
その衝撃で上に飛ぶ朱々。
「うはっ、これ最高‼」
小型化を解除する朱々。
「玉体革命《パラダイムシフト》！」
今度は一気に巨大化する。
（金平鹿は、あいつか！　大きいしわかりやすい！）
「ひまりん出たよ！」
日万凛に素早く通信する朱々。

沢山現れた醜鬼の中で、寧から教えてもらっていた外見の醜鬼に狙《ねら》いを定める。

巨大化した朱々は降下しつつ、金平鹿を手で押さえ込んだ。

「はい、ぷちっといって！」

一気に押し潰そうとしたが、金平鹿は予想以上に強い力で抵抗した。

「先に雑魚《ざこ》か。邪魔ぁ！」

金平鹿を確保しつつ、同時に出現した醜鬼を巨大化した足と腕でなぎ払っていく。

その醜鬼に気を取られた瞬間、金平鹿は朱々の拘束《こうそく》から抜け出していた。

金平鹿は地面に素早く潜って逃げようとするが、その動きを想定していた朱々が潜行しようとしていた金平鹿の足をしっかりと摑んでいた。

「逃がさないっ」

金平鹿を地面から引きずり出して、そのまま力まかせに叩きつける。

「手応《てごた》えが薄い！」

金平鹿はピンピンしていた。

口内から水圧レーザーのような液体を朱々に向けて飛ばしてくる。

「いつっ」

朱々は摑んでいた腕を水のレーザーで射貫《いぬ》かれてしまった。

思わず金平鹿を手から離してしまう。

「やばっ」

すると金平鹿は跳躍《ちょうやく》し、巨大化した朱々を殴打《おうだ》してくる。

「痛っ！」

その破壊力に、顔を歪《ゆが》める朱々。

もう少し体が小さかったら骨が砕《くだ》けていたかもしれない。

「逃げ回るくせに、戦ったら強いタイプか」

金平鹿は朱々の顔に向けて水圧のレーザーを放ってきた。

脳天を貫《つらぬ》くべく放たれた死の弾丸だった。

朱々は瞬間的に縮んで、そのレーザーを回避する。

そしてすぐさま巨大化し、金平鹿を殴りにかかった。

拳が直撃して、金平鹿を吹き飛ばす。

「あ、まずい！」

金平鹿は吹き飛ばされた勢いを利用して逃げる気だということに朱々は気づいた。

朱々はさらに体を大きくして、金平鹿を捕まえようとした。

すると金平鹿は体を大きく震わせて、朱々の手をバチンと弾《はじ》いた。

（こいつ、こんな特殊能力を…まずい、逃げられる）

土中に潜ろうとした金平鹿に対して、高速で何かが飛び込んできた。

「朱々ちゃんお待たせ！」

駆けつけた優希と日万凛だ。

「早っ、ありがとう！」

優希の蹴りが金平鹿の土中潜行を阻止《そし》した。

「烙印破《らくいんは》よ優希！」

優希が手のひらに力を集中し、掌打《しょうだ》を繰り出した。

金平鹿が体を回転させて、その攻撃を弾く。

「マジか⁉」

金平鹿はそのまま回転しながら、掘削機《くっさくき》のように土中へ素早く潜っていった。

(しまった、逃がした)

「諦《あきら》めるのは早いよ、どっか――ん！」

巨大化した朱々は地面ごと、潜り込んだ金平鹿を蹴り飛ばした。

「おぉ、朱々ちゃんうまい！」

「頭脳プレイはお任せ」

空中に高々と放り出された金平鹿。

即座に朱々は拳をもう片方の手のひらでグッと抑えこんで力を溜《た》めはじめた。

「チャンス！　優希！」

「うぉおお!!」

空中で金平鹿が再び回転を始めようとする。

その直前に、金平鹿の体を優希の手刀《しゅとう》が貫いた。

「速さを活《い》かせたぜ！」

貫かれながら、凄い勢いでもがく金平鹿。

「ひまりん、トドメ任せて！」

「任せた！　優希！」

金平鹿に痛撃を与えた優希が素早く離れる。

朱々が力を溜めていた拳を解放した。

溜めた反動で、凄《すさ》まじい速度を得た拳が振り下ろされる。

それはそのまま、手負いの金平鹿を粉々《こなごな》に打ち砕いた。

「大きさは破壊力。任せといて」

朱々はそう言って、にっこりと笑った。

※

「視《み》ていました、お見事な連携です！　お怪我は!?」

「ありがとう。朱々が軽く怪我してるけど、平気よ。こっちはもう大丈夫だから。組長にも伝えてもらえる？」

「はい、連絡諸々《もろもろ》は全て寧にお任せ下さい！」

　寧との通信を切る日万凛。

　現場の処理を終えてから、優希、日万凛、朱々は七番組寮へと戻った。

　手当てを終えた朱々が、優希と遭遇《そうぐう》する。

「朱々ちゃん、怪我本当に大丈夫？」

「うん、全然へーキ」

「良かった。今回は本当お疲れ様」

「そっちこそ。助けてくれてありがとうね」

「金平鹿を仕留《しと》める朱々ちゃんカッコ良かったな」

「ふふ、そう？　じゃあご褒美ちょうだい。遊んでもらおうかな」

「おっと、俺仕事があるんだ！」

「わかりやすく逃げた！」

「朱々ちゃん、怪我してるからまた今度ね」

「その言葉、覚えたからね」

※

後日、朱々の怪我はすぐに癒えて七番組には日常が戻っていた。

「自分はパトロールに行ってくるわ」

「帰ってきたら、ラーメン？」

「そうね。なんかさっぱりラーメンがいいわ」

「じゃあ冷やしラーメンとか」

「いいじゃない、それ」

「登校日なので、寧は小学校に行きます！」

「いってらっしゃい」

寧は元気よく高知の小学校へ登校し、日万凛はパトロールに行った。

「二人とも元気だなぁ」

「アタシも元気だよーっと！」

朱々が優希に軽く体当たりする。

「あれ、なんか一回り大きくない？」

「ふふ。これはね、ユッキーを捕獲するためさ！」

ぎゅっ、と朱々に掴まった優希。

「わぷっ⁉」

「アタシの部屋掃除してよ」

「こ、この前も掃除したでしょ」

「隅《すみ》にほこりが残ってたよ」

「そんなミスをするはずがない」

「思い込みは危険だよ、ほら部屋に来て」

「朱々ちゃん遊びたいだけでしょ」

「バレた。じゃあ力尽《ず》くで部屋に連行しよっと」

「朱々！　優希！　日万凛から連絡だ、南一キロに醜鬼！」

「大変だ、すぐ行かないと！」

（おのれ醜鬼め、邪魔しおって、ぶっ潰す！）

魔防隊七番組は魔都の裏鬼門に位置しており、醜鬼は頻繁《ひんぱん》に出現する。

「行くぞ、屈服の時間だ‼」

それでも彼女たちは臆《おく》することなく。今日も醜鬼に向かっていく。

第三章　東風舞希編

魔防隊《まぼうたい》九番組。

東《あずま》という一族のみで構成された特殊な組である。

東家の当主、東海桐花《とべら》は長い間、魔防隊を総組長として導いてきた。

過去にこんな事件があった——東京都港《みなと》区芝公園《しばこうえん》に魔都からクナドを通り大量の醜鬼《しゅうき》が出現。

夜で人が少なかったのが幸いだったが、それでも大惨事《だいさんじ》になりかねない状況である。

東海桐花が、その討伐《とうばつ》を担当した。

彼女は現場に到着するなり、醜鬼たちの前に躍《おど》り出た。

「鬼さん、こちら♪」

そう言って、海桐花は指で印《いん》を結ぶ。

「此方《こなた》が近くにいて良かったわ。被害が出る前に鏖殺《おうさつ》できるからのう」

醜鬼たちは海桐花を視認すると恐るべき敏捷《びんしょう》性で飛びかかってきた。

「東の星霜《うたかた》」

海桐花の能力、束の星霜《うたかた》は他者の生命力を吸い上げることができる。

生命力を吸い取る対象は動物や植物、果ては醜鬼までも有効だ。

その生命力で自身を若返らせることや、傷の治療が可能となり、さらに。

「金弓箭《きんきゅうせん》」

蓄《たくわ》えた生命力を放出し、攻撃に転ずることもできる。

生命力によって創《つく》られた黄金の矢が空中に何百本と出現した。

海桐花は有事に備えて、普段から十分な量の生命力を体内に備蓄していた。

「ゆけい」

黄金の矢は豪雨のように醜鬼たちへと降り注ぐ。

この矢の速度ならば、醜鬼たちでは避《よ》けることができない。

「ふはは！　はるばる現世まで来たというのに、相手が悪かったのぅ！」

海桐花の高笑いと醜鬼の叫び声が混じり、芝公園は混沌《こんとん》と化す。

無慈悲《むじひ》な矢の爆撃で、異形《いぎょう》の怪物はあっという間に消滅した。

「ちょっとやり過ぎたかのう」

斉射《せいしゃ》による蹂躙《じゅうりん》の後、芝公園の各所で損傷《そんしょう》が見られた。

「現世では加減が難しい」

これらは醜鬼ではなく、海桐花による攻撃のせいだった。

「まぁ犠牲者《ぎせいしゃ》が出なかったのじゃ、ヨシとしようかの！　史跡は無事のようじゃし。なんだったら、醜鬼がやったことにすれば良いのじゃ」

海桐花という名前の由来《ゆらい》は、鬼を退《しりぞ》けるという魔除《まよ》けの花から来ている。

その性格も思考も豪快そのものだった。

「さぁて力を使ったことだし、腹が減った。鯛焼《たいや》きでも買って帰るとしようかの」

万事このような感じで海桐花は総組長として、東家当主として、長年君臨《くんりん》し続けていた。

そして元々名家だった東家の地位をより強大なものへと高めたのである。

やがて魔防隊総組長は山城恋《やましろれん》に代わることになった。

そして海桐花にも心境の変化が訪れた。

「何ぃ、りうは組長の座を退くのか」

海桐花の戦友であり、理解者でもある一番組組長・冥加《みょうが》りうが組長を辞すのである。

「そうさ。まぁいくらなんでも長くやりすぎたね」

冥加りうも、若者揃《ぞろ》いである魔防隊ではありえない高齢である。

「りうなら余裕でまだ戦えるじゃろ」

「戦えるね。でも流石《さすが》に若者に任せなきゃ、健全とは言えないからね」

「りうが、そう決断できるほどの若者が出てきたか。時々話している、あの娘か」

「そうさ。多々良木乃実《たたらこのみ》。彼女に一番組組長を任せる」

「多々良は、高校生になりたてではなかったか」

「ああ。初々《ういうい》しい女子高生だね」

「それだけ若ければ、さすがに他の組長と比べて劣るじゃろ」

「あぁ。しかし、今から育成していけば数年後には総組長を狙《ねら》えるよ」

「ほう、それだけの伸びしろか」

「こちらが副組長としてフォローしてやれば女子高生をやりながらでも組長ができるさ」

「ふはっ。真面目《まじめ》じゃのう、りうは。よう働くわ」

「海桐花と違うからね」

「いいぞヒラは。のびのびやっとる」

「海桐花は権力があるから、のびのびできてるんだろ」

東海桐花は、総組長でなくなってからは九番組の組長を娘である東風舞希《ふぶき》に任せていた。

そして自分はヒラの九番組組員として、のびのびと活動している。

頂点の総組長ならば雑事もこなすが、そうでなくなると雑事が急に煩《わずら》わしく思えてきたのだ。

「そんな将来性溢《あふ》れる若者と巡《めぐ》り会えたとは、羨《うらや》ましいのう」

「何言ってんだい。海桐花のところは優秀な娘、風舞希がいるじゃないか」

「優秀ではあるが東を継ぐには、まだ少し物足りないところがあると思っての」

「いやいや、風舞希を過小評価しすぎだよ。あんたがそんな性格だから、娘はあんたの言うことをよく聞いてくれている。そんな従順さを、あんたは物足りないって思ってるだけなのさ」

「ふーん」

「東風舞希は、素晴らしい逸材《いつざい》だよ。獅子《しし》の子は獅子さ」

りうはそれ以上海桐花に何も言ってこなかった。

※

海桐花の娘、東風舞希は口数の少ない娘だった。

だが内に秘めた豪胆《ごうたん》さは、幼《おさな》い頃からよく現れていた。

多摩川《たまがわ》の川岸を母娘で散歩していた時に、手綱《たづな》の外れた猛犬がこちらに向かってきた。

能力を使えば瞬時に対応できるが、海桐花はあえてそれをしなかった。

血を引いた実子が、この非常時にどういう態度をとるか興味があったのだ。

(ギリギリまで観察するとしようかの)

すると、まだ小学生で桃《もも》の実すら食べていない娘の風舞希が、母を守るように前に出たのだ。

「母様、川の方へ一歩」

風舞希はいつの間にか上着を脱いでおり、それを片手に巻きつけていた。

「来たら仕留めるわ」

風舞希の体から発せられる圧《あつ》に、猛犬は怯《ひる》み、やがて大人しくなった。

「ふはは、良い度胸《どきょう》だ風舞希。もし襲《おそ》ってきたら川底に押しつけるつもりじゃったな」

「川辺で遭遇《そうぐう》したのは幸いでした、わかりやすい勝ち筋があるので」

風舞希は、小学生にして既《すで》に身長が165センチを超えていた。

武術もみっちり習っており、強者の風格が滲《にじ》み出ている。

体全体から発せられる色香《いろか》も、時には大学生に間違えられるほどだった。

学業の成績も申し分なかった。

「此方の血が、風舞希にはしっかりと流れておるな。嬉《うれ》しいぞ。後は魔都の桃じゃな。どんなデンジャラスな能力が発現するか、ワクワクじゃな」

風舞希が発現させたのは、伸縮自在の槍《やり》だった。

その能力を知った時、少し海桐花は落胆した。

束であれば時間ぐらいは操《あやつ》ってほしかったのだ。

それは孫娘の八千穂《やちほ》で実現したので、海桐花は八千穂を溺愛《できあい》することになるが。

風舞希の能力は束にしては地味すぎると思った。

だが風舞希が醜鬼を倒すようになってくると、その評価は覆《くつがえ》る。

風舞希が槍で敵を倒すごとに、その槍は攻撃力を増し、伸ばす槍の長さも上がっていく。

どこまでも強くなる槍は、やがてもう通常の醜鬼ではどれだけ倒しても、強さが上がらないほどに成長を遂《と》げた。

「太陽を穿つ槍《サンセット》」という能力名は、伊達《だて》ではなくなっていたのだ。

りうに指摘《してき》され、海桐花が風舞希の過去を振り返ると、風舞希は思いの外、東の当主として十分な素質を見せていたのだ。

娘だから自分に対して忠実であるべきなのだが、風舞希は忠実すぎて物足りなかった。

それこそが海桐花が風舞希を一段低く見ていた理由だったようだ。

「なるほど確かに、此方もそろそろかもしれんな」

友人の世代交代を間近《まぢか》で見た海桐花は、自分も当主の座を譲《ゆず》るかと思うようになったのである。

かくして、東家の次代当主を選抜する儀式「東の晩餐《ばんさん》」が開かれた。

「東の晩餐」の勝者は本命の風舞希となり、海桐花は風舞希に当主を譲った。

海桐花は風舞希を過小評価していたのが、儀式で身をもってよくわかった。

風舞希が束ねれば東はこれからも強く在《あ》り続ける、海桐花はそう確信した。

外れだと思っていた日万凛《ひまり》も存分《ぞんぶん》に素質を示したこともあり、海桐花はこれも嬉しかった。

後の世代に東を託《たく》せる、そう思ったのだ。

こうして風舞希による、新たなる東家が始まったのである。

※

魔防隊七番組では、東日万凛が組長の羽前京香《うぜんきょうか》に対して打診をしていた。

「東家での集中強化合宿？」

「はい。自分は東の晩餐でコピー能力の可能性を見いだしました。もし自分が東海桐花の能力も、ある程度使えるようになれば七番組は回復能力持ちになります」

「そうなれば大きいな」

「勿論《もちろん》他の能力同様、今は全然使いこなせていませんが、海桐花からもっと話を聞いてきます」

日万凛は、五番組のサキの武器化能力を使いこなせている。

だが同じ五番組のカイコの回復能力は、どれだけ本人に話を聞いても使いこなせなかった。

「実家でみっちり鍛錬《たんれん》してくるわけだな」

「はい、実力だけは確かな一族ですから」

そう言う日万凛だが、かつてほど東家を嫌悪してはいなかった。

「よし、許可しよう。頑張ってこい」

京香はそう言うと、日万凛の背中をぽんと叩《たた》いた。

「というわけで、自分は三日ほど七番組を空《あ》けるから。ご飯とかいらないわ」

日万凛は、管理人である優希《ゆうき》に外出の旨《むね》を伝えた。

「それ、俺も一緒に行っていいかな？」

「ん？　別に今回はアンタいなくても大丈夫よ」

「鍛錬するんだろ？　俺も強くなりたいんだ。それに管理人として休みも消化しないと」

「休みを鍛錬にあてるっていうの？　その根性はいいけど、きちんと休んだ方がいいわよ」

「風舞希さんのマッサージ、疲れが吹っ飛ぶんだよね。それに、今は体に少し無理をかけても、強くなっておくべき時期だと思うんだ。八雷神《はちらいじん》との戦いに備えて」

「言うじゃない。いいわ、そこまで言うなら止めない。でも、断られるかもしれないわよ」

「そうしたら大人しく諦《あきら》めるよ」

かくして、東風舞希の端末に日万凛からメッセージが届いた。

「あら、了承」

快諾《かいだく》の返信が来たので、日万凛と優希は日程を調整し東家へ向かうことになった。

※

東京都田園調布《でんえんちょうふ》、魔都九番組寮に繋《つな》がっている多摩川クナドから徒歩０分。

そこにある巨大な家が、東家だ。

「ずるいわよね東家は。自分の家と職場が徒歩０分だもの」

破格《はかく》の立地のため、九番組は寮ではなく実家で休むことが多い。

「じゃあ今から九番組に転属するか日万凛？」

優希が肘《ひじ》で日万凛を突っつくと、日万凛もお返しとばかりに、肘を返す。

「冗談。自分はずっと組長と働くわ」

日万凛が言う組長とは羽前京香である。

「組長の座を狙わないのか？」

「組長が総組長になったなら、自分も副組長から組長になるかもしれないわね」

優希と日万凛のところに、日万凛の姉である東八千穂がやってきた。

「おうおう、日万凛。おうおうおう」

「オットセイかなにか？」

「生意気な口をきくようになった妹じゃのう。なに、日万凛が東家で鍛錬をすると聞いての。私様《わたしさま》もそれに合わせて、東家に鍛錬に来たのじゃ。嬉しかろ？　お姉ちゃんが一緒じゃぞ」

「それはまぁ、わざわざ……ありがとね、お、お姉ちゃん」

「ちゃんとお礼が言えて偉いぞ日万凛。うむ、万事導いてやるぞ、姉は偉大だからな」

そう言って、八千穂は優希に目を向ける。

「わかっておるの、和倉《わくら》優希」

そこへトレードマークである眼鏡《めがね》のブリッジを指でくいっと押し上げ、東麻衣亜《まいあ》が家の中から現れた。

「お待ちしていましたわ。誉《ほまれ》も日付を調節して鍛錬に参加します」

「げ」

「誉がまた絡《から》んできたら、叩けば良かろう。私様も加勢してやるのじゃ」

東誉は、日万凛の姉だが実の姉ではない。

東本家の直系には海桐花、風舞希、日万凛のように漢字三文字が与えられる。

誉は東の分家から、実力を認められて本家に養子として入ってきたのだ。

「なんだかんだで、賑《にぎ》やかになりそうだな」

「別に賑やかじゃなくてもいいんだけどね」

東家に入ると、優希は客間へ通された。

広い東家には、こういった和室がいくつもあるようだ。

「既に布団《ふとん》が敷かれているのは、どういうことなんだろうか」

そこへ東風舞希が一人でやってきた。

「よく来たわね、さぁ、そこへ寝て。布団をあらかじめ用意しておいて良かったわ」

「は、はい？」

「その肉を見ただけでわかったわ。疲労が蓄積してる。東のマッサージをしてあげる」

「ありがとうございます、じゃあ、早速《さっそく》」

優希は休暇《きゅうか》を利用して二日滞在するだけであり、時間は限られていた。

照《て》れてマゴマゴしている時間すら惜《お》しい。

「寝るって、体勢はこれでいいですか？」

「はじめはうつ伏せになって。そうそう、私に身を任せて」

優希は早くも、風舞希の丹念《たんねん》なマッサージを受けはじめた。

若干《じゃっかん》の緊張をほぐすように、風舞希は手のひらで体を揉《も》み込んでくる。

その指先は、鼠径部《そけいぶ》などのデリケートな部分だろうとしっかりと刺激してきた。

繊細《せんさい》な指の動きに、優希が体をビクンと反応させた。

「くすぐったい？　少し我慢《がまん》してね」

「は、はい、大丈夫です」

「いい子」

そう言って、優しく頭を撫《な》でられると、優希の心は驚くほど落ち着くのだった。

やがて密着するような形になると、風舞希の体から、ムンと甘い芳香《ほうこう》がたちのぼる。

優希は思わずゴクリと生唾《なまつば》を飲み込んだ。

そうして今度は仰向《あおむ》けになると、風舞希がまたがってくる。

体にかかる質感に、優希は圧倒されてしまった。

慈愛《じあい》に満ちた瞳《ひとみ》に見つめられながら、施術《せじゅつ》を受け続ける。

相変わらずマッサージは確かな腕で、たちまち優希の体に残る疲労がとれていった。

「ありがとうございます、体が軽いです」

「稽古《けいこ》場の方に皆集まってるわ。案内してあげる」

「はい、稽古に参加させてもらいます」

優希は勇んで、東家の稽古場へ向かった。

※

(一体、この東家はどれだけ広いんだろう。何か能力を使って拡張でもしているのかな)

優希の目には、家がどこまでも広がっているように見えた。

前を歩く風舞希の姿は、とても優美だった。

京香の後ろ姿は生命力に溢れていて、その力強い歩みを見ているだけで元気になるが、こちらは艶《つや》という意味で目を奪われてしまう。

やがて家の中にある稽古場に到着した。

(この稽古場だけでも、学校の武道場ぐらいある)

いわゆる道場のような場所で、広さも十分だった。

既に日万凛は鍛錬用の服に着替えている。

「こっちの部屋に着替えがあるわ」

風舞希に手を引かれて、優希は隣の部屋に通された。

「このサイズが合いそうね、これを着て鍛錬に参加して」

「は、はい、って風舞希さん。自分で着替えられますよ」

風舞希に服を脱がされそうになって、優希が驚いた。

「男の子の世話がしてみたくて、つい」

（そっか、風舞希さん、俺が初めて参加した組長会議でそんなことを言ってたよな）

「そ、それじゃ男の子っていうには、俺はもう大きすぎるかもしれませんが、どうぞ」

「優しいのね。いい子」

風舞希は嬉しそうに、優希の世話をはじめた。

「風舞希さんも今日、休みなんですか？」

「ただの休憩《きゅうけい》時間よ」

「貴重な時間を、ありがとうございます」

風舞希に手伝ってもらって、着替えを済ませた。

道場に戻ると日万凛が体を動かしつつ、優希に話しかけてくる。

「丁度《ちょうど》、これから訪問客との腕試しが行われるところよ」

「う、腕試し？」

東家には、国際色豊かな客人が訪れる。

今日だけでもカポエラ、コマンドサンボ、ジークンドーの使い手が来ていた。

彼女らは、東家戦闘訓練の一環《いっかん》として招かれているのだ。

「当主が代わっても、これは続いているのね」

「東は強大たるべし、理念は引き継がれているもの。それじゃあ、鍛錬頑張ってね」

風舞希は、九番組の仕事に戻っていった。

「それで、まずは誰が戦うんだ？」

「私だわ。日万凛に和倉優希」

「誉。いたのね」

「私はどんどん強くなってんだわ。晩餐でのリベンジは近いからな日万凛」

「上等じゃない」

「丁度いい、見ていくといいわ。私の活躍を。なぁ、和倉優希」

誉がずい、と優希に近づくと、すかさず日万凛が間に入る。

「男のガードが堅いな。まぁいいわ」

誉はコマンドサンボ使いと対峙《たいじ》した。

「これって相手は桃の能力者なのかな？」

「そうよ、肉体強化系ね。一対一なら醜鬼さえ倒せる格闘家よ。ルールはなんでもあり」

「おぉ、本格的だ」

「場合によっては、晩餐の時に使った異空間でも修行するわよ。思いっきりできるからね」

「常《つね》に異空間でいいんじゃないか？　建物壊れちゃうぞ」

「現世での戦闘も、想定しないとね」

「そうか、俺あんまり現世での戦闘は経験ないからな、丁度いい鍛錬かも」

東誉が、コマンドサンボの使い手と戦い始めている。

誉の能力は、行雲流水《パイソン》。

先行予約で脳内《いちじる》で組み上げた行動を肉体が実行する。

その際、肉体は著しく強化されている。

予約入力を小刻《こきざ》みに脳内で行うことで、誉はゴリゴリと相手を押していた。

「おぉ、ガチの戦いだ、凄《すご》い迫力」

「東家には回復の能力者がいるから、思い切り稽古できるの」

「鍛錬できる土台が整ってるなぁ」

「鍛錬してるこっちは大変だけどね、子供の時からやってるのよ」

誉は目が慣れてきた相手に打撃を止められ、関節技《わざ》にもっていかれそうになったが、噛《か》みつきで抜け出していた。

そうして誉は荒々しく相手をねじ伏せていた。

「はぁ、はぁ、見てたかよお前ら、余裕で勝ったわ」

「お疲れ様」

「お、おう。私をねぎらうとは、わかってるな和倉優希」

「ゴリ押しも良いところね。でもまぁ勝ちは勝ちか」

「よし次、カポエラだ！」

誉は張り切って次の戦いに入った。

「熱く戦ってるわね。自分も念入りにストレッチしないと。手伝ってよ」

「いろんな人の動きをしっかり観察してるな、日万凛」

「まぁね。誉だろうと褒《ほ》めるところは褒めるわ。コピーして能力を使いこなすには、リスペクトも必要だと思うから」

「偉いじゃん。俺も少しはリスペクトしてくれよな」

優希は魔防隊では大部分年上に囲まれている。

年下の寧《ねい》や朱々《しゅしゅ》はいても、同世代扱いの日万凛はため口をきける貴重な存在だった。

「いいからちゃんとストレッチを手伝うの」

「おい、ちゃんと私の戦いを見ておけよ、うごわ！」

よそ見をした誉にカポエラの蹴《け》りが炸裂《さくれつ》していた。

※

優希と日万凛は、鍛錬場でみっちり格闘のプロたちと戦った。

京香に普段鍛《きた》えられている甲斐《かい》あって、鍛錬についていけるのが優希は嬉しかった。

生身《なまみ》での戦闘経験が少なかったので、この対戦はとても参考になった。

「早速、いい鍛錬ができたわ。優希あんた、鋭い動きしてたじゃない」

「京香さんに慣れてるおかげか、なんだか相手の動きが遅く感じられてさ。全然そんなことはないのに。ともかく良かったよ」

しばらく休憩していた二人の前に東海桐花と、東麻衣亜がやってきた。

「おう、二人とも。よう来たのう。しっかり鍛えていくと良いぞ」

「能力について、色々と聞きたいことがあるんだけど。麻衣亜も、海桐花も」

「姉や祖母には敬語を使うべきですわ、日万凛」

「くっくっく。生意気よの。まぁ彼氏に免じて許してやるか、おうよしよし」

優希は海桐花に頬《ほお》や頭を撫でられ、やがて目をのぞき込まれた。

「健康体じゃなあ坊主《ぼうず》。結構、結構」

「そういえば。東の晩餐で私は日万凛と戦っていませんでしたわね」

姉妹である日万凛は、麻衣亜の言いたいことがすぐに理解できた。

「何よ、自分とやるっていうわけ麻衣亜」

「ええ。八千穂も誉も日万凛に負けていますからね。姉の示しというものを見せますわ」

「上等じゃないのよ」

「決まりですわね。一回きりの勝負、コンティニューはなしですわ」

「おい。いいのか、日万凛」

「これも貴重な経験になるわ、戦いはガンガン重ねていかないと」

「その通り。身になることだから提案したまでですわ」

「仲間割れや喧嘩《けんか》ってわけじゃないのよ」

「いい流れじゃなぁ。話は聞かせてもらったのじゃ、此方が立ち会いをしてやろう」

「お願いしますわ海桐花様」

「怪我《けが》をしても治療してやるわ。存分にやってみるのじゃ。場所は能力がフルに使える、異空間がよかろうて」

海桐花は優希の手をとって、先導する。

その仕草《しぐさ》は、どこか風舞希に似ていて親娘を感じさせた。

「さぁさ。こっちじゃ、こっちじゃ。お前たちには、もう説明不要じゃの」

東家には関係者の能力で創られた異空間への扉がある。

その無人島のような空間に、皆で移動した。

ここでならば周囲への被害は出ないので遠慮なく能力を振るえる。

独自の空間を創り出すという能力は極《きわ》めて特殊ではあるが、スペシャリストの集団である魔防隊にはそんな能力者が数名ほど存在している。

八番組の組長であるワルワラ・ピリペンコもその一人だ。

「優希、無窮の鎖《スレイブ》で戦うわ。他の能力はまだ実戦レベルの精度じゃない」

「わかった」

「麻衣亜、東の晩餐の時みたいに、優希と一緒に戦うけどいいわね？」

「ご自由に。犬使いに、犬を使うなと言うのは無粋《ぶすい》ですからね」

「八千穂と同じようなことを言って」

「そうなんですの？　姉妹ですわね、ふふふ」

「なんで嬉しそうなのよ」

日万凜のコピー能力で、京香の「無窮の鎖《スレイブ》」を発動させる。

日万凜は優希に耳打ちした。

「麻衣亜は八千穂たちと違って、油断なんかしないわ。だから、いきなり攻撃で突っ込むことはしない」

「了解。計算やデータで戦う人っぽいもんな」

「ゲーマーなのよ。暇《ひま》さえあればゲームしてるわ」

「へぇー、どんなゲームなんだろう」

「何で興味持ってるのよ！　ゲーマーという情報を攻略の手がかりにしなさいよ」

「無茶をおっしゃるぜ」

「おい日万凛、坊主。始めて構わんか。麻衣亜はもう準備できておるぞ」

「いつでも」

「それでは、はじめぃ！」

立会人《たちあいにん》の海桐花が試合開始の合図を出した。

「足手荒神《おおいなるもの》」

東麻衣亜の前に巨大な片手が、彼女を守るように発現した。

巨大な両手を自由に操作する、というのが麻衣亜の能力である。

攻防自在で、手に乗ることで長時間の飛行も可能と、シンプルながらも応用力に優《すぐ》れている。

「気をつけて、もう片方の手は姿を消しているわよ！」

力は下がるが、手の姿を消して奇襲《きしゅう》を仕掛けるステルスモードまで備えていた。

優希は、こちらに何かが向かってくる空気の流れを感じた。

地面を蹴り上げて、退避する。

蹴り上げた砂が、空中で透明な何かに命中していた。

「やっぱり消えてる片手で攻撃してきたわね」

「片手で防御《ぼうぎょ》を固めて、片手で攻めるか、イメージ通り堅実だな」

「動き回って！　こちらの速度なら当たりはしないわ」

「了解だ」

優希は高機動を活《い》かして、とにかく動き回った。

「的《まと》を絞《しぼ》らせぬ作戦か。さてさて、ここから両者どう動くかのう」

デパ地下で売っている、お気に入りのお菓子を食べながら観戦する海桐花。

日万凛が優希の耳元で囁《ささや》く。

「優希。麻衣亜をガードしている手、指の隙間《すきま》を狙って手刀《しゅとう》をねじ込むのよ」

「俺も、それしかないと思った。ちょっと気が引けるけど」

「回復のスペシャリストがいるんだから、気にせずやりなさい。相手も気にしないわよ。あんたの今の躊躇《ちゅうちょ》、優しさとは言わないわ。甘さよ。ガツンといきなさい」

主《あるじ》からピシャリと叱咤《しった》が飛んでくる。

「わかった、やる！」

優希は回避している円の動きから、一直線の線の動きで麻衣亜との間合いを詰めた。

主の命令通りに渾身《こんしん》の手刀を麻衣亜へ繰り出す。

しかし、狙ったはずの隙間は素早く閉ざされていた。

「かかりましたわね」

手刀を防がれた優希の後ろから、巨大な衝撃が走る。

「ぐあっ」

見えない張り手が、優希に直撃したのだ。

「指の隙間を狙ってくると思いましたわ。ならばそこに手を伏せるだけのこと」

「見えない手を攻撃に使ったのは、最初だけか」

「そう、後は私のすぐ近くで待機させていましたわ」

自《みずか》らのダメージを確認する優希。

日万凛の旋風《つむじかぜ》形態は速度や跳躍《ちょうやく》力が上がる分、腕力や体力は低くなっているのだ。

（よし。まだ戦える）

攻撃してきた手は姿を消すのにエネルギーを使っていたので、破壊力は随分《ずいぶん》と下がっていた。

「日万凛、これは使うしかないぞ」

「ええ、突破口がそれしか見当たらない」

無窮の鎖《スレイブ》には一定時間限定だが、力を大幅に高める天進《てんしん》というモードがある。

天進を使ってしまえば、疲労が激しいので、そこで勝負を決めなければ相当に厳しくなる。

「いくぞ」

「天進‼」

優希が姿を変えようとした瞬間、片方の巨大な拳《こぶし》が回転しながら突っ込んできた。

今度は拳が見えている状態での攻撃。

まともに当たれば、旋風形態での優希では一撃で沈みかねない。

「くっ、麻衣亜は相変わらずノリが悪いのう」

「天進のネタは割れていますわ。素直に天進させると思いまして？」

「その通りじゃな、特に醜鬼なんか、待つわけないからの」

うなりを上げて襲いかかる拳を、なんとかギリギリで避ける優希。

しかし拳は、避けられた瞬間に握った拳をパーの形に開いた。

優希の体は、急に伸びてきた指に弾《はじ》かれる形となった。

地面に転がる優希と日万凛、二人は分断されてしまった。

なんとか立とうとする優希を、襲ってきた手ががっしりと摑《つか》んだ。

「とらえましたわ」

相変わらず、もう片方の手はしっかりと麻衣亜のガードを固めている。

「うおおおお‼」

摑んでいる手をはねのけようと、力を入れる優希。

「無駄な抵抗ですわ」

だが、それよりも握りしめてくる力の方が強い。

日万凛は持っていた銃で、麻衣亜を撃つ。

しかし当然、その銃撃は防御に回っている手に防がれていた。

「日万凛の場合、こうなってしまうと本体は何もできないのが弱みですわね。羽前組長でしたら本体が苛烈《かれつ》な攻撃を仕掛けてくるでしょうが」

「そうかしらね」

その時、麻衣亜は気づいた。

手に摑まれ圧迫されていた、優希の鎖《くさり》が伸びていることに。

そして伸びた鎖は、日万凛の手元にまで届いていた。

「銃撃は囮《おとり》」

「その通り、もう遅いわ、今度こそ天進!!」

優希が発光する。

「鎖を、あのように長く伸ばせたとは、やりますわね」

「此方はすぐ気づいたぞ、お前はほんの少し気づきが遅れたな。甘いのう麻衣亜」

「天進用の戦闘で対応するまでですわ」

手をこじあけて、天進の姿となった優希が現れた。

「うむ相変わらず、あの形態は力が漲《みなぎ》っているの」

「速度重視の形態だというのに、私の手より力があるとは」

麻衣亜は素早く、優希を摑んでいた手の能力を解除する。

優希は超高速で、麻衣亜に直進して突きを仕掛けた。

その鋭い攻撃は、麻衣亜を守る片手を勢いよく突き破る。

しかし、進撃は食い止められた。

もう一つの手も既に麻衣亜を守っていたのだ。

「くっ、どこまでも硬《かた》いわね」

「手は戻すよりも、一度解除してまた目の前で出現させた方が速い、ということですわね。漫画やゲームでも使われる手法ですわ」

「押し切る！」

優希は麻衣亜に嵐のような拳の連撃を仕掛ける。

「無駄ですわ」

破壊した手も、すぐに新品同様なものが再生されるので、麻衣亜まで届かない。

「攻めきれない…!!」

「私、ゲームでも体力や防御力の高いキャラを選びますわ。そしてガードを固めて堅実に計算高く立ち回り、最後には勝ちを掴む」

「麻衣亜は小さい頃から、そういう子供じゃったのう。優秀ではあるが、此方が思うに指導者というより補佐向きの性格じゃ。東の当主は、豪壮《ごうそう》であらねば」

「くっ、麻衣亜め。こっちの時間切れを狙ってるわ」

「ええ、天進のような強化は時間制限がつきものですわ。疲れ果てた時に手でしばきますわ」

「あっちだって、高速再生は疲れるはずなのに……！」

「そちらよりは楽ですわ」

「麻衣亜。消耗《しょうもう》戦は見ていて、退屈じゃぞ」

「でも、まずは勝つことでしょう海桐花様」

「まぁの。東家においては勝つことこそが最も大事じゃ」

「優希、残る力を全集中して、ぶち破るしかないわ」

「それしかないか！　このままじゃ消耗して負ける！」

「待ちなさい！」

戦場に、凛《りん》とした声が響き渡った。

仕事を終えた東風舞希が、魔都から戻ってきたのだ。

「風舞希。勝負の途中じゃぞ」

「この勝負、私の一存《いちぞん》で引き分けとするわ」

異空間にやってきた東風舞希が、勝負を中断させた。

「なんじゃ、身内同士の確執《かくしつ》を憂《うれ》いてはいたが、こういうこともやってはいかんのか？」

「日万凛も麻衣亜も同じ副組長同士。わざわざ白黒をつける必要はありません」

「私は姉の威厳《いげん》を示そうと」

「日万凛、麻衣亜に威厳はないと思っているの？」

「え、な、何よ急に」

「答えなさい」

「常に結果も出してるし。よく補佐してると思うし。麻衣亜に威厳はあるでしょ」

「日万凛……」

「ならば戦う理由はないわね」

「わかりましたわ」

「ちえっ、相変わらず親への聞き分けはいいんだから。優希、ここまでよ」

「あまり過保護すぎるのもどうかと思うがのー、ま、当主の命には従うか」

「話が早くて助かります母様」

「この戦い、別に此方が焚《た》きつけたのではないぞ」

「それはわかっています」

日万凛が優希の変身を解除した。

どのみち、天進したのだからパワー不足で変身が保《も》たない。

「ちょっと用事あるから、先に出ててよ」

日万凛が親類を追い出しにかかる。

「褒美《ほうび》でしょう？　構わないわ、はじめなさい」

「こっちが構うのよ！　あぁもう、体が勝手に」

日万凜が優希に歩み寄り、首に手をまわした。

そして、いつものように優希にキスをした。

「ふははっ、初々しい口付けじゃな」

「見ないでよ！」

「日万凛、褒美には集中しなさい」

母と祖母にキスを見られるという状況に、日万凜はいつになく赤面していた。

麻衣亜といえば、眼鏡を拭《ふ》いてから、しっかりと日万凜のキスを見ていた。

「くっくっく。何やら楽しくなってきたのう」

そう言いつつ、海桐花が優希の尻《しり》を手で撫でた。

「と、海桐花さん？」

「以前、気軽に海桐花ちゃんと呼べと言ったろ、坊主」

「そういうわけには」

「此方が許可する。此方は若者には優しいんじゃ」

「正確には若い男に優しい、でしょう母様。もし魔防隊の新人が海桐花ちゃんと呼んできたら、どうするのです」

「勿論《もちろん》グーが出るじゃろうな、ただ女子高生の遊び友達には海桐花ちゃんと呼ばせておるぞ」

「まったく」

「和倉優希、此方も可愛《かわい》がってやろうかの」

そう言いながら海桐花は指先でカリカリと優希のズボンをこすっていく。

「だ、大丈夫です」

「なんじゃ照れとるのか？　それとも此方が日万凛の祖母だから、嫌か？　年齢のことは気にしないでいいぞ、此方は能力で若く化けているわけではない。能力を使い、実際若くなった後なのじゃ、例《たと》えば能力を解除する能力者がいるとしよう。此方がそいつの能力を食らっても、この姿のままじゃぞ。わかるか？　若くなったのは解決済みの効果なのじゃ」

「つ、つまり？」

「此方は若い学生そのもの。とれたて鮮魚のようにピチピチじゃ。一番組の女子高生組長みたいなものじゃ。遠慮なく惚《ほ》れていいぞ」

優希の手を生き物が絡め取るように、海桐花が握っていく。

「一番組の組長け、いきなり体をまさぐることはしませんよ、母様」

「そこは此方の個性よ。お前も触って良いぞ和倉優希、ほれほれ」

しかし、そう考えると海桐花には寿命《じゅみょう》という概念がないのでは、と優希はそこに驚いていた。

出雲天花《いずもてんか》が、海桐花のことを人か魔か、と評していたのを思い出していた。

「ちょっと何で入ってきてるのよ、関係ないでしょ」

「日万凛、ご褒美に集中して、しっかり出しなさい」

「あんたらのせいで、集中できないんでしょうが！」

「母様、それぐらいにしてください」

「なんじゃ、皆で囲んでたっぷりと楽しまんのか」

「どういう思考をしているのよ、もう」

そう言って日万凛はキスを再開した。

「リラックスしていいのよ」

優希の耳元で、密着した風舞希が囁く。

そんな風舞希の色気にたじたじになる優希。

「ふふふ、可愛いのう」

「ええ」

今度は海桐花と風舞希が、慈愛の目で優希を見てきた。

それはそれで照れくさい優希。

負けん気の強い日万凛は、優希の顎《あご》を両手でがっちりと固定して、ヌラついた舌《した》を口内にねじ込んでいく。

優希は日万凛の胆力《たんりょく》に驚いていた。

日万凛とのキスの褒美は、それこそ十分、二十分続く場合もある。

キスをしてから別の場所にキスを移していく派生パターンも存在する。

数そのものはこなしているが、他の人に見られる、という状況に優希は少し尻込みしていた。

だが日万凛は、覚悟を決めてなんとか褒美をやり遂《と》げたのだった。

※

稽古も終わり、東家の中で休憩時間となった。

日万凛は能力について質問があると言って海桐花に張り付いている。

「休憩時間をもらったけどもどうするか」

自分用の部屋はあてがわれているが、ただ寝るのも時間が勿体《もったい》ないと優希は思った。

広大な東家の中を一人歩いていく。

どこまでも廊下が続く家は、やはり何かの能力が発動しているのかもしれない。

「どうしたのですか、迷子とか？」

先ほどまで日万凛と戦っていた東麻衣亜が、一人の優希に声をかけてきた。

「休憩時間をもらったんですけど、どう過ごそうかなと」

「あぁ、なるほど。日万凛は海桐花様《みすか》のところですものね」

麻衣亜の目が、じっと優希を見据える。

「和倉優希。貴方《あなた》、ゲームはできますか？」

「ゲームってボードゲームとかテーブルゲームとか？　それともやっぱり……」

「テレビゲームですわ」

「はい、そりゃあ、できます」

「どれほどに？」

「例えば対戦ゲームは友達にカイル禁止って言われたぐらいです。あっ、いきなり言われてもわかりませんよね。カイルっていうのはストセイってゲームの」

「どのシリーズのカイルが得意なのですか？　どのシリーズも大抵《たいてい》キャラランクは上ですが。まさか実写版ではありませんわよね」

想像より十倍濃い答えが返ってきて、優希はたじろいだ。

「ゲームができるなら、私と少し遊んでみますか？」

「は、はい。麻衣亜さん強そうですね」

「それなりには」

（こういう人のそれなりは、絶対に強いやつだ）

麻衣亜に導かれて、彼女の部屋へ入った優希は周囲の状況に驚いた。

（ゲーム環境が恐ろしく整っている！）

ＰＣも椅子《いす》も、配信で見たプロが使っているようなものだった。

「何で対戦しましょうか？　ストセイ以外にもありますわよ」

「あ、俺サムライスピリットなんかもできますよ」

「他にもブレイカーズ、堕落大天使《だらく》、わくわく8、阿修羅《あしゅら》ブレード、ラストブロンクス、サイキックフォーム、トベルナンバーワン、キカイマオーなどなど、ありますが」

ゲームに関して迂闊《うかつ》なことを言うと、凄《すご》い濃度で返ってくるので優希はたじろいだ。

「す、ストセイ最新作で勝負といきましょう」

「グッドですわ」

優希は、このゲームを七番組で朱々と時々やっていた。

朱々はゲームがなかなかうまいので、そこそこ鍛えられている自信はあった。

しかし。

「つ、強い…参りました」

朱々のうまい、はあくまで仲間同士で遊ぶ時のうまい。だが麻衣亜はレベルそのものがあまりにも違った、優希は何もできないで負けてしまった。

「違うものにしましょうか。協力プレイできるものに」

麻衣亜はコンビで協力して戦うＦＰＳのゲームを選択した。

「おおっ、すいません麻衣亜さん、今フォローしてもらって」

「いえ、良い動きをしていますわ。それでは次はこちらへ参りましょう」

麻衣亜に援護してもらって、優希はゲームを楽しむことができた。

対戦ゲームでチャンピオンをとれたのだ。

「東家では、皆でゲームとかはするんですか？」

「誉はまぁまぁやりますわ。海桐花様も少しは。他の方は全然ですわね」

「海桐花さんもゲームやるんですね」

「負けると露骨《ろこつ》に機嫌が悪くなってくるので、気を遣《つか》いますけどね」

容易に想像できる光景に、優希は笑ってしまった。

次はレースゲームで麻衣亜と遊んでみたが、これもまた麻衣亜は上手だった。

麻衣亜がコツを教えてくれたので、優希は腕前が上達して嬉しかった。

万事このような感じで、麻衣亜は冷静に優希をエスコートする。

(クールでかっこいいな麻衣亜さん)

優希は楽しく休憩時間を過ごすことができた。

※

休憩時間が終わると、優希は日万凛に東家の庭へと案内された。

そこには東海桐花が一人、仁王立《におうだ》ちしていた。

「せっかく東家に鍛えに来たのじゃ。日万凛に優希、二人まとめて此方が鍛えてやろう」

「願ってもないチャンスだわ」

「まず日万凛、お前、生意気にも此方の能力をコピーして使いたいのなら、生命力の流れを読むことからはじめてみぃ。そこに咲いている花から、生命エネルギーを吸ってみよ」

「……それって」

「うむ、昔やった流れじゃの。あの時は吸えなくて失望したものじゃ」

昔、日万凛の能力がコピーと聞いた時、海桐花は嬉しかった。

他者の能力をコピーして、ある程度でも使いこなせたとしたら、それは東の人間として申し分ない素養。

早速、海桐花は自分の能力を使ってみろと日万凛に命令した。

ところが日万凛は、海桐花の能力をほんのわずかしかコピーできなかった。

花から生命力を吸わせてみても、花が気持ち萎《しな》びたかもしれない程度の生命力吸収しかできなかったのだ。

それは他の能力をコピーしても同様で、実戦レベルには程遠いコピー能力だったのだ。

「あの時の失望した視線、今でも夢に見るぐらいよ」

「ならば今度は成功して、その悪夢を上書《うわが》きしてみんかい」

「上等、やってやるわ！」

「その意気や良し。だが肝心《かんじん》なのは結果ぞ」

日万凛は神妙《しんみょう》な顔で、花と向き合い手をかざした。

「吸ってやる、と思うと上手《うま》くできんぞ。花が持つ生命力を感じ取って、それをすくいとるイメージじゃ」

「昔は、そう言われても、今ひとつ良くわからなかった。でも、七番組で修行した今なら……」

日万凛が能力に集中する。

花は、綺麗《きれい》に咲いたままだった。

「ま、言われて一瞬でできるほど温《ぬる》い能力ではないわ。暫《しばら》くやってみぃ」

海桐花はそう言って日万凛の尻をスパーンとはたくと、今度は優希の方を向いた。

「さぁて坊主は何を鍛えてくれようかのう」

「俺は強くなりたいです」

「真《ま》っ直《す》ぐな瞳じゃな。よし、お前を立派《りっぱ》な男にしてやろう」

日万凛は今、海桐花の能力を試しているので、優希を奴隷《どれい》形態にできない。

優希は、生身で修行するしかなかった。

「さて、それでは服を脱いでもらおうか」

「強くなるために、それが必要でしたら」

「冗談じゃや冗談」

海桐花はそう言うと、自身の体を黄金のオーラで覆《おお》った。

「これは生命力の漲《みなぎ》りじゃ。此方はこうして貯蓄した生命力をエンジンのように燃やして、己《おのれ》自身を強化できる、これでお前を鍛えてやろう」

そう言うと、海桐花は優希に襲いかかってきた。

「此方の攻撃を捌《さば》いてみせろ！　生身だからという泣き言は聞かんぞ」

海桐花の拳をガードした優希が吹き飛ばされる。

鼻血を出しながら、優希はその衝撃に驚いていた。

「正面から受けるとそうなる。工夫することじゃな」

容赦《ようしゃ》のない打撃が、優希を襲った。

懸命に対応するが、それでも捌ききれずに吹き飛ばされる。

激しい痛みが自身を襲った。

しかし、泣き言は言っていられない。

辛《つら》くなった時、優希の頭には主・京香の顔が浮かんだ。

音《ね》をあげては、情けない奴隷を持っていると主が笑われてしまう。

自身が強くなりたいのは勿論だが、主のためにもここでギブアップすることはできない。

どれだけ打ち据《す》えられても、優希は立ち上がり、海桐花と相対《あいたい》した。

海桐花の動きは優希の目には斬新《ざんしん》で、いい経験になるのは優希自身が良くわかっていたのだ。

やがて優希は、立ち上がるのが思ったより苦ではなくなっていた。

「どうじゃ、限界でもう体が動かぬと思っても、意外といけるもんじゃろ」

海桐花はボロボロになった優希をねぎらうように、抱きしめた。

「海桐花さん？」

「これ以上やるとお前が死ぬのでな。治してやろう」

すると優希の体が光に包まれて、回復していく。

「治ったぞ」

優希は試しに体を動かしてみたが、どこにも痛みはない。

「完璧《かんぺき》に治ってる」

「凄いじゃろ。元総組長じゃぞ」

海桐花は、この隙に日万凛に何事かアドバイスしていたようだった。

「では治ったところで、もうひと稽古つけてやろうか」

「！」

「どうする？　続けてやるのは辛いか？　やめるか？」

「宜《よろ》しくお願いします！」

「くっくっく。近年は特に腑抜《ふぬ》けた男が多いと言われているが、お前はやるのう」

海桐花は本当に容赦なく、優希を打ち据えていった。

※

「吸えた！」

　対象の花が枯れ果てていた。

　日万凛が花の生命力を吸い終えた時、優希は三度目の治癒《ちゆ》をかけられていた。

「おぉ、吸えたか。ようやった日万凛！」

　弾けるように海桐花が笑い、日万凛に駆け寄る。

「時間はかかりすぎたが、しっかりと花が枯れるまで吸えたのは、良い兆候じゃ。鍛えれば此方の能力、そこそこは使えるかもしれんな」

「やった、やった！」

「うむ、東の一員として嬉しく思うぞ！」

　心から日万凛を褒める海桐花。

「さて和倉優希。此方はだいぶ生命力を放出してしまった。今からは日万凛にコツを教えつつ、此方も生命力を補充する。相手できるのは、ここまでじゃ」

「ご指導、ありがとうございました」

「さぁて日万凛、これからは集中的に指導じゃぞ」

「それこそ上等だわ」

「ふむ、ふむ」

「何よ、顔をジロジロと見て」

「負け続けていた昔からは考えられん、いい表情じゃのう日万凛」

「七番組でみっちりと鍛えられているからね」

「ふはは。鍛えてもらった羽前京香に感謝といったところか」

「ただ肉体を鍛えるだけじゃないのよ、凛然《りんぜん》とした心の在り方だって、教えてくれる」

「りうの門下生じゃからな、それはそうじゃろ」

「とにかく、うちの組長は凄いのよ。東としても仲良くしておきなさい」

「うむ、そうしよう」

海桐花から色々とアドバイスを受けている日万凛を、優希は微笑《ほほえ》ましく見ていた。

やはり家族は仲が良いに越したことはない。

優希は海桐花にもう一度礼をしてから、その場を後にした。

※

再び優希の手が空いた。

（こんな大きな家で、家事は専門の人がいるのかな？）

ふと、東家の中を見回す。

隅々《すみずみ》までしっかりと掃除が行き届いていた。

こうなると台所が気になるのが、家事の大好きな彼のサガだった。

優希は通りかかった八千穂に、東家の台所について聞いてみた。

「気になるなら見てみれば良いのじゃ、私様が案内してやる」

「ありがとうございます、お手数かけます」

「ふ。お前は、どこか放っておけない雰囲気《ふんいき》を醸《かも》し出しておるのぅ」

「八千穂さんは頼りになる雰囲気が出ています」

姉が大好きな優希、妹が大好きな八千穂で、どこか波長というか相性はいい二人だった。

「日万凛は、海桐花さんと今、鍛錬中です」

「うむ、陰《かげ》で見ていたから知っとる。私様の能力だけでなく海桐花様の能力まで少し使えるようになれば日万凛は立派な東と言えよう。大手を振って家に帰って来られるというものじゃ！」

八千穂も妹の成長を、心から祝福していた。

「日万凛は昔、この柱を殴りながら、いじけていた時もあったのじゃ、ほれ、この傷」

「くっきり残ってますね」

「私様が柱を直さんでくれと言ってあるから、そのままなのじゃ」

台所に向けて進んでいると、いい香りが漂ってきた。

「この先が台所じゃ。何か言われたら私様に許可は貰《もら》ったと言うがいい」

八千穂は案内だけして、鍛錬へと向かっていった。

優希が台所に顔を出すと、そこには驚きの光景が広がっていた。

「あら、お腹《なか》が空《す》いたの？」

風舞希が、台所で料理を作っていたのだ。

「風舞希さん、料理も作られるんですか？」

「作れる時はね。普段は家事担当の者がいるんだけど」

「凄いですね、お忙しいのに」

「家事のプロである貴方に、気に入ってもらえるといいけど」

「この匂《にお》いからして、絶対美味《うま》いですよ、わかります」

「ふふ、そう」

「あの、何かお手伝いできることは？」

「いいのよ、休んでいて」

優希は、その後ろ姿を見つめていた。

所作《しょさ》ひとつひとつを見ても、料理を作るのに慣れているのがわかる。

優希はふと、実家のことを思い出していた。

優希の両親は今も健在だ。

魔都災害で行方《ゆくえ》不明になった娘の事件から立ち直って生活している。

両親にも早く姉の無事を伝えてあげたい、改めてそう思う優希だった。

気がつけば、風舞希の顔がすぐ近くにあった。

「え？」

ドキリとした優希が、思わず声を出した。

「今、切《せつ》なそうな顔をしていたわ」

「……家のことを思い出していました」

「魔防隊の寮に入りっぱなしで、家には帰ってないのよね？　寂《さび》しくならない？」

「はい、まぁ大丈夫ですよ。それに帰ろうと思えば帰れますし。ここからだって近いです」

「あら、そうなの？　家はどこ？」

「上野毛《かみのげ》の方です」

「あら、ここからバス10分でいける距離なのね」

「小さい頃は多摩川で遊んでいました」

「もしかしたら、どこかで会っているかもね」

「風舞希さんみたいな人を見かけたら、忘れないと思いますよ」

「だったら、これからも東家に来て。実家にも顔を見せられるでしょ。時々は、家に帰ってあげてね」

風舞希は優しく言うと、料理に戻っていった。

※

東家の居間で食事の時間になった。

風舞希の料理は美味さの中に、どこか懐《なつ》かしい味がする。

鮭《さけ》と茄子《なす》のおろし煮、きのこの春巻きなどは特に美味かった。

極めつけは、手打ちの釜《かま》揚《あ》げうどんだった。

「美味いのう、風舞希のうどんは。久しぶりに食べれたの」

「七番組の管理人が来るとあっては、東家も全力を出しませんと」

優希は驚いた顔でうどんを食べている。

「なんだか脳天にピシャーンときました。今まで食べていたうどんとは、わけが違うというか」

「このうどんは昔から好きだったたわ」

「日万凛、私様の分も少し分けてやろうか？」

「駄目ですわ、八千穂や誉は食が細すぎます、しっかり食べなさい」

「麻衣亜や母様がよく食べるだけじゃと思うがなぁ」

「そもそも、誉は間食をとりすぎなのよ」

「脳に常時栄養を与えたいんですよ」

「まぁ好きなだけ食らうといい。そして強くあれ、それが東じゃ。風舞希、おかわり。此方は成長期であるからのぅ」

（ババアのこういうギャグは相変わらずどう反応していいかわからんわ）

「笑えばいいんじゃぞ、誉」

（心を読まれている？　怖っ）

「くっくっく。これは能力ではないぞ、経験じゃ。成長期であるのに人生経験も豊富なのじゃ」

賑やかな東家の食卓に、優希も箸《はし》が進んでいた。

「俺も、おかわりお願いします」

「気に入ってくれたのね、嬉しいわ」

「風舞希の、うどん好きは筋金《すじがね》入りでの。よう香川県まで行って、勉強しとったわ」

「そんなご趣味があったんですね」

「現地で作ったものには、かなわないわね。私もまだまだよ」

優希は自分でも驚くほどの量を、たいらげていた。

※

夕食後は、道場で精神統一の修行をした。

これもきちんと禅《ぜん》の先生を招いての授業である。

肉体を動かさない修行ではあったが、精神の摩耗《まもう》度は半端ではない。

禅やヨガについては京香も心得《こころえ》があるので、優希もある程度は鍛えられていた。

そのおかげで、こういったトレーニングにも何とかついていけた。

（……寝る前にちょっと時間あるけど、さすがに誰かと遊ぶような元気はないかな……）

「おっ、和倉優希じゃん。もう寝るだけか？」

誉が声をかけてきた。

「はい、なんか元気ですね。精神の修行、ハードじゃなかったですか？」

「もう慣れてんだわ。丁度いい。私の部屋へ来いよ」

「え」

「あー。今はとって食いやしねーよ、ちょっとデータとらせろ」

今度は誉に手を引かれて、優希は強引に部屋に連れ込まれた。

「そんな緊張すんなよ。今は何もしねーわ」

「今を強調されたら、緊張もしますよ」

「くっくっく。そんなびびられると、いじめたくなるだろ」

誉の部屋は、しっかりと片付いている。

「部屋、凄い綺麗にしていますね」

「当たり前だろ、自分の城だ。極力快適にしなきゃな」

「凄いですよ、お忙しいでしょうに」

「日万凛の部屋は雑然としてるだろ」

「そうですね、散らかってるとまではいきませんが」

「そういうところから既に差をつけてんだわ」

誉はカラカラと笑った。

「部屋に招いたんだ。珈琲《コーヒー》でも淹《い》れてやるわ」

「夜に珈琲を？」

「大丈夫、疲れてるから。カフェイン少し入れたところですぐ眠れるわ。逆に筋肉疲労が和《やわ》らいで血流がアップするぞ」

「なるほど、では頂きます」

「時間かかるから、ちょいと待っとけ」

「凄くこだわってるんですね」

「美味いブラックをキメるとデータ収集も捗《はかど》るからな」

「それで、とりたいデータって？」

「無窮の鎖《スレイブ》について、いくつか質問すっから。答えられるものだけ答えてくれ」

「それは日万凛と戦うための？」

「勿論それもあるな。でもメインは共闘時に使うデータだわ。魔防隊の本分を忘れているようじゃ、のし上がることもできないからな」

誉からまっとうな言葉が出てきたので、優希はそれが意外だった。

「私の能力は先行予約。事前に得ている情報が多いほど、次の予測が立てやすくなるんだわ」

「なるほど、確かに」

そう言いながらノートパソコンを起動し、凄い速度でタイピングをはじめる。

棚には難しそうな本が沢山《たくさん》ピシッと並んでおり、思った以上に頭脳派なのかもしれないと優希は思った。

「既に知っていることが殆《ほとん》どだと思いますが」

優希は魔防隊として共闘しやすくなるような範囲で、データを誉に提供した。

「提供するデータが有用かどうかなんて、そこらへんは気にするな。お前視点のデータってのは新しいからな、そういう意見が欲しい。データを活かすかどうかは、こっちの責任だ」

誉がまともなことを言い続けているので、優希は彼女を見る目が少しだけ変わった。

「それにしても私が鎖を握ったら、お前の体はどう変化すんだろうな」

「日万凛に言ってみればいいのでは」

「あいつにお願いはしたくないわ。あいつに頭下げるのは、ヘッドバットする時だけだわ」

「なんでそこまで日万凛に対して攻撃的なんですか」

「私は分家であいつは本家だからだ。本家でもいっそババア……ごほん、海桐花様ぐらい化け物なら、むかつく奴《やつ》ぐらいで止まるんだが。あいつは弱っちいくせに恵まれたところにいやがるからな。なんだか攻撃したくなるじゃねーか」

「日万凛は努力してますよ」

「結果が出なきゃ意味ねーんだわ。それが東の理論」

「でも結果は既に」

「あーわかってるよ。今は結果出してるわな。だから、そうだな。昔と今じゃムカついている理由がちょっと違う。今は成長しやがって生意気だってところだ。日万凛のやつ、昔いじめた分、しっかり殴るようになってきてやがる」

「七番組にいれば、心身ともに逞《たくま》しくなりますから。俺だってそうです」

「けっけっけ。よし、じゃあ次はその逞しい体のデータをとるわ。脱げ」

「わかりました」

「わーっ！　馬鹿《ば》馬《か》鹿っ、本当に脱ぐ奴がいるか！」

誉の表情が真っ赤になる。

「冗談です、失礼しました」

東家でこう言われた時の対応は、もう海桐花で慣れていた。

「なっ、この野郎！　私をからかったのか。いざとなりゃ、私はびびると踏んでやがるのか。そりゃあ…屈辱《くつじょく》だわ」

実際に驚いてしまったので、誉にとっては余計に屈辱だった。

（脱出できた。和《なご》やかな雰囲気ではあったけど。油断ならない人だからなぁ）

優希は安堵《あんど》していたが、結果的には、今まで以上に誉が執着するようになるのだった。

※

深夜になって、東家の廊下を歩く者がいる。

（さて、さっき私をおちょくった日万凛の男を誘惑してやるわ）

風呂上がりの誉だった。

優希は和室を一部屋、単独で割り当てられている。

誉は、その優希が寝ている部屋に入り、状況を確かめる。

（よし、和倉優希は間違いなく寝ているな。他に邪魔者もいない）

状況確認を終えた誉は、その場で服を脱ぎ始める。

（この瞬間は、やっぱちょっとハズいな）

服を脱ぎ去ろうとして、固まってしまう誉。
（ええい、いけ！）
意を決した誉は下着一枚になって、優希が眠る布団に潜り込んでいく。
（こいつ、よく寝てるな、よっぽど疲れてんのか）
まぁいいか、と誉は遠慮なく優希の服を半脱ぎにしていった。
そうしてから、優希の体に指を這《は》わせていく。
（つか、これだけやっても起きないのかよ）
とはいえ普通に起こすのも、何か間《ま》が抜けている。
誉はそのまま愛撫《あいぶ》を続けていった。
優希の胸板《むないた》に、マーキングするかのように舌を這わせていく。
（これが、和倉優希の味か。なんか、クセになるな）
自分の唾液《だえき》を男の肌《はだ》にまぶしこむように、舌を動かす誉。
優希はといえば、疲れからグッスリと眠り続けている。
（日万凛、お前の男の唇《くちびる》も、奪ってやるわ）
優希の顔を手のひらで固定する誉。
しかし、いざキスしようとすると固まってしまった。
（まぁ唇はまだ、勘弁《かんべん》してやるか）

優希は、風舞希の手料理がよほど美味《おい》しかったのか、その夢を見ていた。

優希は夢の中で、ご馳走《ちそう》に手を伸ばす。

それが現実の優希の行動とリンクしており、優希は誉の体を触っていた。

「起きたか？　おい静かにしてな」

しかし優希は答えず、誉の腕を甘噛《あまが》みする。

「うわぁ！」

誉はビクッと体を震わせて、自分が声を出してしまった。

しかし優希を見てみると目をつぶっている。

「な、なんだお前、寝たふりなのか。いやマジでまだ寝ているのか。わっ」

今度は、優希が誉の上半身に甘噛みしてきた。

「んあっ……こ、こいつ」

優希を組み敷いていた誉だったが、優希が触り始めてからは、あっという間に立場が逆転していた。

優希の舌先が彼女の白いうなじを味わっている。

気がつけば、そのヌルヌルの舌先は誉の耳穴に侵入していた。

「う、あッ」

夢でご馳走を食べている優希は、今度はバストをがっしりと摑んでくる。

そうして味わうように、胸を口に含んできた。

「くうっ、お、おい、本当は起きてるんだろ？」

優希の返事はない。

「ちくしょう、どっちなんだ、こいつ」

胸を吸われながら、誉は考えをめぐらせる。

「いや、ちゃんと意識がないと意味がねぇ！　おい、どけ」

だが寝ている優希はどこうとしない。

誉が優希をはねのけようとすると、胸の突起《とっき》を歯で軽く刺激された。

「っ！」

甘い電流が誉の体内を走った。

誉は胸を守るべく、くるっと体を回転させて、うつ伏せになった。

「これで胸は大丈夫、うわっ⁉」

今度は誉の尻に、優希の舌が伸びてくる。

誉はこらえられなくなって、布団の中からなんとか脱出したのだった。

「ちっ、畜生《ちくしょう》、覚えてやがれ」

誉は自分の服を持って、優希の部屋から逃げ出した。

優希はグッスリ眠り続けて、襲われたことすら知らずに東家一日目の夜を終えたのだった。

※

東家の二日目は、慌《あわ》ただしい目覚めだった。

朝食中に、魔都における九番組の受け持ち区画で、異変が起きていると連絡が入ったのだ。

「自分たちも手伝わせて！」

日万凛が現場行きを志願する。

「いいわ、ついてきなさい二人とも」

風舞希は、日万凛と優希の同行を許した。

魔都の現場に風舞希、誉、日万凛、優希が急行すると、そこには異様な光景があった。

蒸気機関車が煙を上げて、凄《すさ》まじい速度で魔都を爆走していたのだ。

それを優希や風舞希たちは遠くから見ていた。

「魔都の九番組受け持ち区画に鉄道があるわけないよな」

「そりゃそうよ、桃の能力でしょうね。蒸気機関車を実体化させてる。線路も走行に必要な分だけ実体化してるっぽいわね」

「そんな能力まであるのか。しっかしなんで蒸気機関車？」

「本人にとって、何かこだわりがあるんでしょうね」

日万凛と優希が会話をしていると、誉がため息をついた。

「重要なのは、あの蒸気機関車の目的だろ。まぁどう見ても桃の略奪だわ。奪うだけ奪って、そのまんま逃げる気だわ」

「攻撃する前に一応調べてみる必要があるわね。誉と日万凛で、あの列車へ向かいなさい」

「了解。優希」

日万凛が優希を奴隷形態に変身させる。

「へっ、私は先に行ってるわ、日万凛」

誉は能力で己自身を超加速させ、爆走する列車と並走をはじめた。

(西部劇で見るようなSLだわ。乗り込んでる能力者の姿は見えねーな。車両の外側や車輪の部分に人質がくくりつけられているとか、そういうのもないな。並走しているこっちに攻撃は仕掛けてこない。とはいえ、この肌がピリつく感覚は、敵だな)

誉は能力の関係上、自分の行動を脳内で常に先行入力している。

長い命令を一度に入力すると緊急事態に対応できないので、短い入力を絶えず行い、その都度《ど》敵の能力も推理《すいり》しなければいけない。

優希はスピード自慢の旋風《つむじかぜ》状態になって、誉に追いついてきた。

「日万凛、列車に乗り込んでみるぞ。私は前、お前は後ろからだわ!」

そう言って誉は走る列車に横っ飛びでとりついた。

「なんだか張り切ってるわね誉のヤツ！」

「日万凛に力を見せつけたいんだろ」

「あら理解がある感じじゃない」

「いやわかりやすいだろ、最後尾に飛び乗るぞ」

「よーし行きなさい！」

優希もまた、颯爽《さつそう》と列車に飛び乗った。

「映画みたいでちょっと興奮《こうふん》するな」

「西部劇なら自分が主役であんたは馬だけどね」

「暴れ馬になってやろうか」

「そしたらしっかり締めつけるわよ、主としてね。どれ、車両の中は……。」

二人とも軽口は言い合うが、周囲をしっかりと警戒《けいかい》していた。

車両内を見てみると、奥の方で醜鬼が何匹もひしめいている。

「ほ、細めの醜鬼が列車に乗ってる」

「醜鬼の乗車とかシュールすぎる光景だ」

「とにかく蹴散《けち》らしていくわよ。優希、突撃用意」

「ちょっと待て日万凛。異様すぎるだろ。罠《わな》とかじゃないか」

「何よ臆《おく》したの？　鞭《むち》を入れようかしら」

「よく見ろ。あれだけ敵対的な醜鬼が俺たちを見ても、襲ってこない。ただ、うめいて威嚇《いかく》してきているだけだ」

「それは確かに」

「車両の中に入ってこいと、言わんばかりだぜ」

「よし突撃とりやめ」

「ナイス自重」

「取り入れるべき意見はきっちり取り入れるわよ、組長の後ろ姿を見て育ってるんだから」

「とはいえ、このまま風舞希さんを待つのも弱気が過ぎるよな」

「ええ、どう突っついていくかね」

※

日万凛と優希が協議している間に、誉は元気いっぱいに車内へ突撃していた。

「なぎ払うわ！」

誉が乗り込んだ前列の車両にも、醜鬼はひしめいていたのだ。

その醜鬼を、誉は迷うことなく攻撃していた。

しかし、誉の攻撃は醜鬼に当たらず空振《からぶ》りになった。

（幻覚か！　これは、やべぇわ、罠だ）

その誉に、奥の方から銃弾が放たれる。

しかし、誉は既に能力による超スピードで車内から脱出しており、弾丸《だんがん》は的《まと》を外れた。

「幻影で釣って、踏み込んだら銃でハチの巣か。やべぇやべぇ」

蒸気機関車の屋根に移動していた誉は冷や汗《あせ》を拭《ぬぐ》っていた。

離脱タイミングがわずかでも遅れていたら、命はなかったであろう。

誉はそのまま後部車両の方に屋根を移動して、日万凛たちと合流した。

「お。まだ車内に入ってなかったか。あの醜鬼は幻覚だったわ」

「銃声が聞こえてきたから、そんなこったろうと思ったわ」

一方、状況を静観していた風舞希の視界からは、既に点となってしまった蒸気機関車。

「乗り込んでから合図が来ない……」

日万凛たちに何かあったと見て、風舞希も行動に移る。

「太陽を穿つ槍《サンセット》」

蒸気機関車に向かって彼女は、槍を伸ばした。

風舞希の槍はどこまでも伸びていく。

その穂先《ほさき》が、蒸気機関車の最後尾を貫《つらぬ》いた。

車両は能力で強化されているのか、とても硬かった。

その手応《てごた》えを確認してから、槍を握ったまま風舞希は槍を縮《ちぢ》める。

あっという間に、風舞希が槍に引っ張られる形で蒸気機関車に移動した。

槍を出している間は身体能力も強化されているので無茶な移動をしても、体は平気なのだ。

合流した日万凛と誉から状況が報告される。

「侵入者に対して罠を張っているわけね」

「どうする？」

「悩んでいる間に、爆走している列車が被害を生み出しかねないわ。壊して止める」

風舞希がそう決断すると、列車の屋根の上にいた一同は、何か見えない不思議な力に突然押し出された。

「うわっ、なんだ？　急にぐいっと」

「乗車拒否をされた、ということね」

爆走した列車からいきなり放り出されても、怪我をするような一同ではない。

しかし列車は、あっという間に着地した一同から遠ざかっていく。

「私たちを罠で始末できないと判断したから、諦めたか」

「追いついて外側から壊しましょう」

「万が一。人質、民間人が車両の中に乗り込んでいれば、破壊のやり方によっては怪我をさせるかもしれない。そこは配慮しなさい」

風舞希は、槍を構えた。

「狙うは乗客がいない車輪部分」

遠く離れていく列車に向かって乱れ突きを繰り出していく。

車輪部分を執拗《しつよう》に攻撃され、あっという間に列車は走れなくなった。

「すごい、止まりましたよ列車」

「あの硬い列車の車輪を苦もなくぶっ壊すとは」

「列車が倒れなくてよかったわ。気をつけて攻撃はしていたけど」

一同は、止まった車両に近づき包囲する。

突如《とつじょ》、車両から女が姿を現し、問答無用で優希たちに銃撃を仕掛けてきた。

風舞希の槍が回転して全《すべ》ての弾を防ぐ。

そして銃撃を仕掛けたテロリストを槍で叩き、瞬《またた》く間に制圧する。

すると蒸気機関車が、徐々《じょじょ》にその姿を消していく。

「今のが列車を具現《ぐげん》化し動かしていた術者ね。まだ三人ほど気配がするわ。日万凛、誉。それぞれ一人ずつ制圧しなさい」

その命令と同時に、消えゆく列車から二人の女性が飛び出してきた。

「髪の長い方は、私がやるわ」

誉が脳裏《のうり》で攻撃命令を瞬時に組み上げる。

しかし、その命令は実行する前にキャンセルすることを余儀《よぎ》なくされた。

誉の視界が突然、醜鬼だらけになったのである。

(車内の幻覚は、こいつの仕業《しわざ》か)

誉は持っていたナイフで、己の足を軽く刺した。

(痛《いて》ぇけどこれで幻覚はなくなる)

しかしその読みは外れて、己に痛みを与えるだけでは醜鬼たちは消えなかった。

(畜生、刺し損《ぞん》じゃねぇか)

誉は敵の攻撃に備えようとした時、はっ、と気づいた。

(私の後ろには爆走している蒸気機関車を止めた無茶苦茶な組長がいる。バトル向きじゃない幻覚使いが、そんな奴と戦おうとするか？　いいや、しないね)

誉は醜鬼たちを無視して真っ直ぐ突っ切るように命令を組み込んだ。

そして少し離れた誰もいない空間を超スピードで攻撃していく。

やがて、拳に人体の手応えが伝わる。

誉の攻撃は、その場から離脱しようとしてた幻覚使いを叩いていたのだった。

「やっぱりこっちを警戒させといて、その隙にトンズラしようとしてたな。甘いわ」

誉が幻術使いの女性を制圧、捕縛《ほばく》する。

一方、日万凛と優希も、もう一人のテロリストと対峙していた。

テロリストの体が弾けるように膨《ふく》らんでいく。

このテロリストの能力は己の肉体を超絶強化させることである。

醜鬼が束になろうとも、余裕で屠《ほふ》れる力強さを持つ能力だった。

しかし、それも肉体の強化が完了すればの話。

肉体が変異を遂《と》げようとしているその刹那《せつな》を、日万凛と優希は見逃さなかった。

最速の必殺技である烙印破《らくいんは》でもって、テロリストを撃ち抜く。

「変身中に攻撃するノリの悪さは姉譲《ゆず》りでね。残念だったわね」

テロリストは己が何もできないまま、その場に倒れ込む。

すると、幻覚使いの幻覚が誉や日万凛の視界を妨害してくる。

「もう一人の方の能力か」

「誉がすぐ倒すでしょ、無理せず防御《ぼうぎょ》を固めて」

日万凛の読み通り、幻覚はあっという間に解除された。

「よし。自分と誉で一人ずつ倒して、残りは一人……ん!?」

しかし既にその人間には、風舞希の槍が命中していた。

優希も、起きている事態を把握《はあく》する。

(凄《すげ》ぇ。風舞希さん、もう終わっている。戦いが始まったことさえ気がつかなかった)

風舞希の迫力に、思わず優希が唾《つば》を飲み込む。

「良くないわね。危なくなるまで手は出さないつもりだったのに、つい一人倒してしまったわ」

後の尋問《じんもん》で明らかになったが、この最後に残った一人は罠を設置する能力者だった。

テロリストは四人組で構成されたアジアの犯罪者集団だった。

蒸気機関車を具現化、幻覚、罠の設置、そして戦闘用の肉体強化が能力の内訳だ。

蒸気機関車で桃をもいで回るというパワフルな犯行は、魔防隊相手に命知らず過ぎた。

しかし、こういった輩《やから》の襲来《しゅうらい》は定期的に発生する。

それだけ資源として魔都の桃は貴重ということだ。

闇《やみ》ルートに流れた桃は莫大《ばくだい》な金を生む。

これらの連中から桃を守るというのも魔防隊の役割だった。

※

東家に戻ると日万凛のご褒美がはじまった。

それは疲れた優希と一緒に寝るというものだった。

「添い寝がご褒美とか、甘ったれたれねぇ」

ラフな服装をした二人が、一緒の布団に潜りこむ。

すると、日万凛が優希にぴったりとくっついてきた。

「自分が抱き枕がわりってわけ？　いやらしい」

そう言われたので、優希は密着している日万凛の背に手を回した。

まさしく抱き枕のように、日万凛を抱いて寝る形となった。

「これ、眠れそうにないな」

「寝ないと褒美を受け取ったことにならないでしょうが」

「ご褒美の会場はここかの？」

そう言いながら海桐花が元気よく部屋に入ってきた。

「あら、今回は添い寝がご褒美なの？」

風舞希も一緒だった。

「なんじゃ、言葉通り、ただ寝るだけなのか？　それはつまらんのう。坊主、お前はそれでいいのか？」

「母様。彼は真面目なんです」

「ふーむ、しょうがないのう。睡眠は重要じゃからな。ま。よいわ」

そう言うと、海桐花も布団を敷いてごろりと寝転んだ。

「此方もここで寝ていくか」

「そうね、私も昼寝していこうかしら」

風舞希もそれに続く。

「どういう乱入の仕方よ」

「別にいいじゃろ。ただ寝るだけなんだしの。ふぁーあ」

「すぐに厳しい鍛錬がはじまるわ。休める時に休んでおきましょう」

「気が変わったら、好きな束にお触りしていいぞ坊主」

そう言って海桐花も風舞希も寝息を立て始めた。

「この状況であっという間に寝るなんて……大物すぎる」

「自分だって寝てやるわ」

「俺は寝られるのかな……」

「まさか、本当にお触りする気？　いやらしい」

「しないよ、どんな命知らずだよ、それより声大きいぞ。折角《せっかく》皆寝てるんだし」

「あら、母親や祖母には優しいのね」

「敬意だよ」

「自分にも持ちなさい」

「そういう発言をするから敬意を持ちにくい」

日万凛との掛け合いで、気は紛《まぎ》れるがそれでも眠りにくい。

優希は悶々《もんもん》と昼寝時間を過ごした。

そして昼寝が終わると、それはもう容赦のない特訓が待っていたのだった。

夕方近くになるまで、優希や日万凛は鍛錬に励《はげ》んだ。

※

鍛錬の後には、休みが待っている。

(今回の休みはどうしようかな。毎度悩むなこれは)

「和倉優希か。休憩時間じゃな。ちょっとこっちに来るのじゃ」

今度は八千穂に声をかけられる。

優希は八千穂相手には何の警戒心もなく、ついていった。

「ちょっと私様の部屋の前で待ってるのじゃ。部屋に入ってきてはならんぞ」

「はい、わかりました。待ってます」

優希は、六番組の八千穂の部屋を見たことがあるので、部屋の想像はついていた。

日万凛の写真がぎっしり飾られているのであろう。

「あれ？　何してんのあんた。八千穂の部屋の前で」

日万凛が話しかけてきた。

「八千穂さんが、ここで待ってろって」

「ふーん、八千穂って、いっつも自分の部屋には来るのに、八千穂の部屋には入れないのよね」

（まぁ、想像通りの部屋ならそうだろうよ）

「過去に、どんな部屋か入ろうと思った時もあったんだけど。八千穂がタイミングよく妨害してくるのよ。多分、時間を操《あやつ》ってまで部屋の侵入を拒《こば》んでるんだわ」

「ふーん。俺なんか姉弟で同じ部屋だったから、そういう感覚わからないな」

「なんか無理難題を押しつけられそうなら、逃げなさいよ」

そう言って日万凛は去って行った。

「待たせたの。この袋を授けるのじゃ」

「駄菓子《だがし》が色々入ってる」

「ちょっとミスして仕入れすぎてしまっての。お裾《すそ》分《わ》けというやつじゃな」

「好きなんですね。美味しいですもんね」

「うむ、美味いの。じゃが、東の人間には黙っとれ。駄菓子を好きだというのは私様のイメージではないからな。まぁ、そこまでこそこそする必要もないんじゃが、堂々とするのも違うと思ってのう」

「このヨーグルトみたいの好きなんですよね」

「私様は、この蒲焼《かばや》きや酢《す》だこがお勧《すす》めじゃな」

「三つの中に凄いすっぱいのが入ってるやつだ、姉ちゃんと食べてたなぁ」

「ふむ、お前なかなかに好き者じゃな？」

気がつけば数分間、八千穂と優希は駄菓子トークをしていた。

「どれもこれも、懐かしい味がするなー」

あてがわれた部屋で、貰った駄菓子を食べつつ、姉のことを思い出す優希だった。

その後、東家の居間では八千穂と日万凛が二人きりとなっていた。

「こうしてお前と二人でまったりするのは、久しぶりじゃな」

「そうね。自分はちょっと寝てこようかしら」

「待て待て待てぃ、副組長同士、話があるのじゃ！」

立ち上がった日万凛の腕を掴み、再度座らせる八千穂。

「なによ副組長同士の話って」

「その、最近どうじゃ、七番組は」

「充実しているわ。仕事に鍛錬に」

「うむ、体は大丈夫か？　どこか痛むとか」

「健康そのものよ。体力が漲ってるわ。組長の言うとおりに生活しているのもあるけど、管理人の料理の腕もいいからね」

「ふむ、お前は恵まれてるのう、生意気じゃ」

「そっちはどうなの。まぁ聞くまでもないだろうけど」

「私様は組長に色々と仕事を任されるようになっとる。もう一年もやってれば組長にもなれるじゃろうな」

「相変わらずソツがないわね。たいしたもんだと思うわ実際」

「何かわからないことがあれば、何でも答えてやるぞ」

「んー。今は特にないかな」

「何かあれば姉を頼るのじゃぞ。慈悲《じひ》の心で助けてやるのじゃ」

「うん、ありがとう」

「なんだか素直になったもんじゃな。うりうり」

八千穂が日万凛の頰を摑んで引っ張る。

「いきなりなにすんのよ、えい」

日万凛も、八千穂の頰を摑んだ。

「私様に堂々と立ち向かってくるとは、成長しとるのう」

「生身の勝負じゃもう負けないわよ」

「何ぃ、姉とプロレスしてみるか?」

「ちょ、ちょっと、絡んでこないでよ。自分はお風呂入って休むんだってば」

「そ、そうか。ならばあれじゃな、あれ。一緒に入るか」

「別にわざわざ……」

「ほれ行くのじゃ、もう決めたのじゃ」

「お姉ちゃんは、いつも強引なのよ」

「今なんと言うた」

「なんでもない」

「お姉ちゃんと言ったのだな。甘えん坊じゃなぁ。よしよししてやろう」

「まさか今、時間戻して確認した？」

「ほら、よしよし」

「あぁもう馴《な》れ馴《な》れしい」

日万凛が振り払おうとすると、八千穂は気がつけば頭を撫でていた。

「やっぱり能力使ってる。能力を使ってまでやることか！」

「日万凛、私様は能力を見せてやってるんじゃ。学習せい、学習」

「そ、そうか」

「東の大辰刻《プライムタイム》まで使えるようになれば、劣化版とはいえ五秒は時間を止めたり戻せたりできるかもしれん、励め励め」

「よし、じっくり見極《みきわ》めてやるわ」

「うむ、私様にくっついて観察せい」

八千穂と日万凛は二人で風呂に行く。

七番組と六番組の交流戦前からは考えられないほど、姉妹の仲は良い方に変化していた。

※

東家での最後の鍛錬は、夕食後に行われた。

それは風舞希への「無窮の鎖《スレイプ》」の貸出だった。

「私の奴隷形態をもう少し研究しておくわ。いざという時、何かに使えるかもしれない」

八雷神《はちらいじん》との戦闘は、手札《てふだ》が多いに越したことはない。

風舞希は優希に乗って、麻衣亜、誉と模擬《もぎ》戦を繰り返した。

風舞希の奴隷形態は肉弾《にくはずみ》という。

体がゴムのように柔らかくなり、腕や足が伸びたりする。

「体が柔らかいから、私の手による打撃がたいして効《き》かないですわね」

「思ったより厄介《やっかい》だわ、リーチも自在に伸びてくるからな。ただ基本的なパワーはそんなにないから、持ち味をしっかり活かさないと形態変化の意味がねーわな」

「確かにね。この形態の強さを引き出すには、慣れが必要。貴方はどう思う？」

騎手が馬を撫でるように、騎乗した風舞希が優希を撫でていた。

「はい、やれることがとにかく多いので。場数は踏まないと」

「ではもう少し戦いましょうか」

「はい、いけます！」

「頑張ってね」

違う形態での修行でも、得るものは多い。

優希は力の限り、気を失うまで鍛錬を続けた。

※

優希が目を覚ましたのは、東家で割り当てられた自分の部屋だった。

既に布団が敷いてあり、そこで一人で寝ていたのだ。

体がヘトヘトになっているのがわかる。

「目が覚めたのね」

風舞希が、ラフな服装で部屋に入ってきた。

ここではじめて優希はコトの重大さに気づく。

日万凛が能力を使用して即座に風舞希に貸出を行ったために、今回優希に対して褒美を出すのは、風舞希一人のみ。

風舞希と優希、対一のご褒美だった。

「よほど疲れているのね、私のご褒美も、昼間の日万凛と同じく添い寝みたいだわ」

確かに、まだまだいくらでも眠れそうだった。

風舞希と一晩、同じ布団で寝るというのがご褒美。

喉《のど》が渇《かわ》いていたので、用意されていた水を飲む。

ぱさ、という布の音がしたので優希が風舞希の方を振り向くと、彼女は艶《つや》やかな下着姿になっていた。

「さぁ。寝ましょう」

ずい、と近づいてくる風舞希。

ここまで壮絶《そうぜつ》な色気だと、優希はただ女体《にょたい》に圧倒されていた。

「緊張しなくていいのよ、楽にして」

そう言うと、風舞希は軽く優希の口を吸った。

「よく眠れるようにしてあげるからね」

風舞希が得意とする名門・東のマッサージ。

一日目に行われていたそれが、より丁寧《ていねい》に丁寧に優希に施《ほどこ》されていく。

「あぁ、凄く気持ちいいです風舞希さん」

「眠くなったら、そのまま目を閉じなさい。明日の朝食は、私が用意するわ」

「それも、楽しみです」

お世辞《せじ》ではなかった、先日夢にまで見た風舞希の手料理である。

　マッサージが気持ちよすぎて眠ってしまった優希は、あまりにも手料理が楽しみで再度、その夢を見た。

　芳醇《ほうじゅん》な料理に手をつけて、味わっていく優希。

　とても甘く、いい匂いがした。

　優希は夢心地の中で、ぼんやりと目を覚ました。

　その視界に、風舞希の寝姿が飛び込んでくる。

「あら、目を覚ましたのね？」

　優希は風舞希を抱きしめていたことに気づく。

「ふ、風舞希さん、これは」

「寝ぼけて、私に沢山じゃれついてきたのよ」

　言葉通り、優希は寝ぼけて隣にいる風舞希に絡みついていったようだ。

　風舞希の肌は、ほんのりと赤くなっている。

　心なしか、呼吸も少し速くなっているようだ。

「す、すみません」

「可愛かったわよ。続けても良いと思ったわ」

　優希は、その凄艶《せいえん》な姿に思わず見惚《みと》れてしまった。

　我に返って離れようとする優希を風舞希の足が絡み、とらえた。

「風舞希さん？」

「いいの？　ここで終わって我慢《がまん》できる？」

そう言って、風舞希は優希のズボンに手をかける。

「だ、大丈夫です」

「真面目でいい子ね」

そう言いながら、風舞希は優希を抱き寄せた。

「それじゃ、寝ましょう」

奇《く》しくも、幼い頃に姉に抱き枕にされていた時と同じ体勢だ。

風舞希の胸の中で、優希は頭を撫でられながら眠りに落ちていった。

※

翌日起きてみると、疲労は嘘《うそ》のように消えていた。

朝食に風舞希の手料理を食べて、むしろ力は漲っている。

「凄く充実した合宿でした、ありがとうございます」

「また来いよ、坊主。これは此方の連絡先じゃ。何ぞあったら言ってこい」

「ありがとうございます」

「では、私も」

端末を取り出した風舞希が、何やら珍《めずら》しくモタモタしていた。

「ええい、貸せ風舞希。ほら坊主、こっちが風舞希の連絡先じゃ」

「ありがとうございます、母様」

「まったく、娘より此方の方がよほど機械を使いこなしておるわ。いつも麻衣亜にやってもらってるから上達せんのじゃぞ」

風舞希が海桐花に小言を言われていた。

(何だか物凄《ものすご》く珍しい光景を最後に見られたぞ)

どうやら風舞希は、機械の扱いが苦手らしい。

どこか超人めいていた彼女が、少し身近に感じられた。

またこの家に鍛えに来よう、そう思って、優希は日万凛と東家を後にした。

第四章　出雲天花編

魔防隊《まぼうたい》六番組組長・出雲天花《いずもてんか》。

趣味は資産運用で、桃《もも》の能力は空間を操《あやつ》る天御鳥命《アメノミトリ》。

瞬間移動をしたり、空間を断裂することができる強烈な能力だ。

名前の由来《ゆらい》は、神話に登場する空間を跳躍《ちょうやく》する鳥の神である。

出雲天花が、和倉優希《わくらゆうき》と出会う数カ月前。

天花は五番組組長・蝦夷夜雲《えぞやくも》の誘いで現世の武道館に足を運んでいた。

夜雲が応援している女子アイドルグループのライブを観《み》に来たのだ。

それは会議の後の雑談からはじまった。

「天さん、私と一緒にライブ観に行かない？　楽しいよ」

「ライブかぁ。アイドルのは行ったことがないかも」

「普段何を聴いてるんだっけ？」

「ジャズが流れてる喫茶店とか、入るの好きだよ」

「オシャレだねぇ天さん」

「落ち着くんだよね。リラックスできて。組長としての疲れもとれるんだよ」

「そんな天さんに、この夜雲さんが、新しい風を吹かせてあげるよ」

「そう言いながらボディタッチしようとしない」

「あっ、意識せず手が動いてた。後でこの手は叱《しか》っておくね」

夜雲は悪びれず話を続ける。

「箱推《はこお》ししてるアイドルグループがあるんだけどサ、天さんハマるよ。情熱が吹き荒れるよ」

夜雲が推すグループの中に島根出身の子がおり、その子には地域振興のイベントで挨拶《あいさつ》した縁《えん》もあったので、天花は夜雲の誘いに乗ったのだ。

アイドルのライブは夜雲が推すだけあり、高いパフォーマンスで大盛り上がりだった。

「どうどう天さん、ライブ良かったでしょー」

「うん、元気になったね。楽しかったよ」

「んー。天さん満足はしてるけど、大ハマリはしてない感じか」

二人はイタリアン・レストランで食事をしながらライブの感想を話していた。

夜雲が天花の目を見て囁《ささや》く。

「この後、バーいかない？　ホテルの最上階にあるんだけど、落ち着けるよ。あ、勿論《もちろん》ホテルとか、他意はないから。絶対何もしない条約を締結してもいいよ」

「平気で条約を破る人の目をしているよ。懲《こ》りないね」

「天さんプライベートが退屈だって言うからさー。私は毎日がお祭りだから、この楽しさ分けてあげたいんだよ」

夜雲は羽前京香《うぜんきょうか》にセクハラして問答無用に肩を外されたことがある。

だが夜雲は笑顔で、あいてて、と言うと自分で体を動かし治していた。

総組長の山城恋《やましろれん》にも同じようなことをして、もっと凄《すさ》まじい反撃をされて病院に行くことになったが、それでも夜雲は全然懲りてない。

「そういうお触りをさ、組長クラスにやったらどうなるかわからない？」

天花のもっともな質問を、夜雲は笑って、

「まぁ触ってから考えるっしょ」

と爽《さわ》やかに返していた。

夜雲の余裕は実力に裏打ちされたものであり、以前、能力者を揃《そろ》えたテロリストに現世で狙《ねら》われた時に、夜雲はこともなく全員を倒していた。

「現世で戦うとさ、加減が難しいんだよね」

返り血を浴びて、そう笑っていたという。

風を操る夜雲の能力は、今なお強まり続けている。

夜雲と遊びに行くのは、友人として仲間として、楽しかったが、天花の心を震わせるものではなかった。

「天さんって睡眠時間短いんだっけ？」

「うん、４時間ぐらいで十分かな。日中眠くもならないし、集中力も落ちないよ」

「羨《うらや》ましいなー。夜雲さんなんか休みの日は８時間しっかり寝ちゃうよ」

「これは体質だから。親もそんな感じだったし」

「しかも天さん組員に仕事割り振るのうまいし」

「良くできた組員が仕事をこなしてくれるのは、助かるよ」

「わかる、夜雲さん組員に助けられているよ。こっちの場合は仕事を割り振るっていうよりも、部下が率先《そっせん》して世話を焼いてくれる、って感じなんだけどね」

「いいことだよ、放っておけないというのは。魅力のひとつさ。そういう指導者もいるしね」

「天さんは能力で移動時間も節約できるから、プライベートタイムを長く確保できるよね」

「だからこそ、退屈なプライベートは嫌なんだ」

「うーん天さんを満たすものは何になるんだろう」

「組長の仕事は疲れるからね。それを癒《い》やすものがいいな」

「癒やし。それは愛！　愛は気がつけば目の前にあるよ天さん」

「本当にめげないねぇ」

そう言って、天花は笑った。

（愛は気がつけば日の前にある、か。そんな感じの歌詞もあったね）

この時点では恋をしたことがないので、天花にはよくわからない話だった。

※

出雲天花の、周囲における評判はどういったものなのか。

彼女の母親は実家の島根県にて健在である。

娘について雑誌にインタビューされた時、天花の母はこう答えていた。

「天花は、赤ん坊の頃から手がかからなかったですね。いつもニコニコ笑ってる感じで、覚えも早くて」

天花の母親は、そう言って優雅《ゆうが》に紅茶を飲んだ。

「この紅茶、私の好物なんですけどね。たえず天花が送ってくれるんですよ。気配りのできる子です。だから、優しそうなお姉さんということで、下級生の女の子たちに懐《なつ》かれてましたね。友達も勉強が得意な子から、ちょっとやんちゃな子まで、色々いましたね。どんな子とも、仲良くやっていけるんですよ」

母親は一枚の絵を持ってきた。

「これは天花が小学校一年生の時に描いた絵です。そう、絵の中に精霊やお化けがいるでしょう。そういった話が好きな子で、お化けを怖い怖いと言いながら、自分で色々調べていくんですよ。お小遣《こづか》いで、ホラー漫画を買っていましたね」

幼《おさな》い頃に、幽霊を怖がっていたというエピソードも母親は愛《いと》しげに話していた。

「そんなできた子供だから、心配ごとなんてあまりなかったですよ。ちょっと小食だなって思うときがあったぐらいかしら」

また天花は、歴史が大好きな組員から、

「出雲組長の頼もしさを戦国武将でイメージするなら北条氏康《ほうじょううじやす》ですね、もう大名レベルです!」

などといった褒《ほ》め方をされていた。

偉人とは比べられないと思うのだが、それぐらい信頼してくれている、ということなのだろうと天花は受け取った。

肉親や周囲の人間から天花を賛辞《さんじ》する言葉は尽きない。

総組長・山城恋ですら天花を重用していた。

「とにかく優秀よ。どんな仕事でも天花に任せておけばいい、そう思えるから。察しがいいから、会話もストレスがなくて楽しいわ。それに、変な野心を持っていないのもいい。野心が高い組長は功を焦《あせ》って、組員に辛《つら》いノルマを課したり、色々あるからね、色々」

元総組長の東海桐花《あずまとべら》は天花について、こう語る。

「出雲天花の特に優《すぐ》れた部分は、人たらしのところじゃな。彼女について、何か悪く言おうと思っても、その言葉が見つからんわ」

新旧総組長の覚えもめでたく、優秀な魔防隊組長として働いていた天花だった。

「天花はファッションセンスもしっかりしてるね」

そう言ったのは組長最年長である一番組組長・冥加《みょうが》りうだった。

「まぁ組長っていうのは、激務ゆえに仕事一筋になって、服装とか、おろそかになる奴《やつ》もいるんだけどね。あんたはたいしたもんだ」

「ありがとうございます」

「服装を楽しむゆとりぐらいは、もたないとね」

冥加りうは、私服の時にいつもビシッとセンスよく決めている。・

そんな粋《いき》なところを、天花は尊敬していた。

「冥加組長は、プライベートはどう過ごされているんですか」

「アタシは、旦那《だんな》が生きていた時は、たいてい一緒にいたよ。今はまぁ、友人とお出かけかね」

伴侶《はんりょ》。

自分にもそういう存在がいれば、退屈しないのだろうか。

しかし、今まで男性を見ても、そういう感情がわいたことがない。

やはり今ひとつ天花にはピンと来なかった。

※

出雲天花が和倉優希と出会う一カ月前。

「天花。時間あるなら、ちょっと付き合えよ」

天花は二番組組長・上運天《かみうんてん》美羅《みら》に誘われ横浜《よこはま》へ出かけた。

美羅が運転するバイクの後ろに乗って、街を流す。

美羅の運転技術は卓抜《たくばつ》しており、後ろに乗っていて気持ちが良かった。

「いい夜だナ。月があんなに綺麗《きれい》でよ。今夜は気合いバリバリにブチかますぜ！」

とか言いながらも信号でしっかり止まっている美羅は、ちゃんと社会人をやっていた。

「どーよこの場所、横浜がキレーに見えんだろ？　お気に入りなんだよ」

「うん、綺麗な眺《なが》めだね」

美羅が缶コーヒーを天花に手渡す。

「瞬間移動ばっかりで、乗り物に乗る機会も少ないだろ」

「まぁね、だからバイク気持ち良かったよ」

「おう、自慢の愛車だからな。休みの時とか、組員と一緒に愛車をカスタムしたりしてんだよ。

実家が解体業やってる奴がいてな、詳《くわ》しいんだ」

そう言って嬉《うれ》しそうに語る美羅は、熱中できるものがあるようだ。

「お前さ、総組長選挙、立候補すんのか天花？」

「総組長選挙か」

「オウ。まだ先の話だがな。だからこそ聞いておきてー」

「私はそんなに興味がないかな。総組長の仕事は凄《すご》く忙しそうだし。今の組長のままでいいかな。そっちは？」

「勿論立候補するさ。やっぱテッペンを狙いてーよ」

「ブレないね」

「オウ。俺は面倒《めんどう》見る方が性《しょう》に合ってるからな」

「そう思うよ」

「もし俺が総組長になったら、お前に補佐を頼みてーんだが。俺は今の総組長がやってる政治的なことは苦手だからよ」

「うん、そういうのは得意な人間が補佐すればいいと思うよ。総組長に求められるのは、器《うつわ》だと思うからね。別に一人で何でもできなくていいんだ。私たちは組織なんだから」

「お前が補佐してくれるなら、こいつは心強いぜ」

「ふふ、実は京ちんも同じようなことを言っていたよ。自分が総組長になるとして、上と付き合う政治力はまだ足りてないって」

「へっ。まぁ、あいつも政治はゼッテー苦手だからな、どうみても」

「二人だったら、どっちが総組長になっても、全力で補佐するよ」

「そりゃあ、ありがたいぜ」

「といっても総組長選挙までに、考えが変わるかもしれない。実は立候補したりして」

「くっくっく。それもアリじゃねぇか？」

天花は、総組長というポジションに心からこだわってなかった。

もし自分が選ばれたら、総組長をするのも仕事だとは思うが、京香たちが総組長になりたいなら、希望する人がなればいい、と天花は思っていた。

幸い現在総組長を志《こころざ》している面子《メンツ》は、ハーレム設立を夢見ている夜雲以外は誰が総組長になろうと、天花に異存はなかった。

「私が総組長になったら、会議は温泉でやりたいな。裸《はだか》の付き合いで、互いをさらけ出して、本音の話し合いをしたいんだ、じゅるり」

そんなことを言っている夜雲の顔を、天花は思い出して苦笑した。

※

羽前京香が新しい奴隷《どれい》を手に入れて、能力の幅が飛躍的に上昇した話は聞いていた。

しかもその奴隷はいつもの醜鬼《しゅうき》ではなく人間で、桃の能力が使えない男子だという。

ちょっと前までは平凡な高校生だったというから驚きだ。

七番組寮を訪れた天花は、その奴隷、和倉優希と出会った。

目と目が合って、ずい、と優希との距離を縮《ちぢ》める天花。

この時、天花は勝手に体が動いていた。

どこか、この少年にビビッと惹《ひ》かれるものがあった。

「キミが噂《うわさ》の奴隷クンか」

至近《しきん》距離で、その照《て》れている顔を眺める。

可愛《かわい》い年下だ、と天花は思った。

やはり何か惹かれるものを強く感じる。

その後、彼の淹《い》れたコーヒーを飲んでみると、とても自分好みの味だった。

六番組に戻っても、何かのタイミングで、ふと和倉優希の顔が思い浮かぶのだった。

そして六番組と七番組の対抗戦で、優希の活躍を見た時、天花は自分の気持ちを確信する。

これが恋なのか、と。

今まで男子を見て、こんな気持ちになったことは一度もなかった。

何故《なぜ》こんな一瞬で心奪われたのか、わからない。

恋愛慣れしている友人の話では、それも恋のひとつの形らしい。

優希のことを想うだけで、天花の退屈だったプライベートの時間は変わっていくのだった。

※

時は少し流れて。

魔都の敵が強くなってきたことで、組同士の連携は活発になっていった。

そして天花は瞬間移動の能力を活《い》かして、頻繁《ひんぱん》に七番組寮へ足を伸ばす。

休憩《きゅうけい》時間に、和倉優希は手持ちの端末で、羽前京香で検索をしていた。

自分の主《あるじ》が組長任務以外で、どういった仕事をしているか気になったのだ。

京香は、魔防隊を紹介する番組で、新人に訓練を施《ほどこ》す教官的な立ち位置で登場していた。

（京香さん本当に凛々《りり》しいな）

その他に京香は、月刊の女性シェイプアップ雑誌にコラムや悩み相談の回答を掲載しているようだ。

（これは知らなかった。京香さんコラムなんていつ書いているんだ）

後で京香本人に聞いてみると、コラムは日々の鍛錬《たんれん》具合を少し書いている程度だが、それで需要があるみたいで、特に執筆に苦労はしていないようだ。

雑誌の編集者を魔都災害で救出した時に、是非《ぜひ》にと執筆を頼まれたらしい。

悩み相談コーナーに関しては、基本的に悩みの系統に応じて、体の鍛《きた》え方をレクチャーしていた。

まず鍛錬ありきの回答なのだが、それが個性として人気を博しているらしい。

京香は、ＳＮＳなどは全くやっていないようだ。

（天花さんは、どうなんだろう）

続いて出雲天花で検索をかけてみる。

京香より各所に顔を出しているようで、様々な情報がヒットする。

天花は、ＳＮＳもやっており登録者数も凄い人数だった。

島根県の公式ＰＲ動画で、天花が島根の魅力を歩きながら紹介している動画があった。

落ち着きがある声、知的な佇《たたず》まい、とても存在感がある。

その時、いきなり優希の視界が手で隠された。

何も見えなくなって、びっくりしている優希の耳に声が聞こえた。

「だーれだ」

声色《こわいろ》は変えているようだが、あまりにもわかりやすい質問だった。

「天花さん」

「本当にそれでいい？」

「間違いありません」

「自信満々だね」

「なんというか、滲《にじ》み出る品は隠しきれませんね」

「やぁ。正解だよ、優希君」

天花は視界を覆《おお》う手をどけ、クイズに当たったご褒美《ほうび》とばかりに優希に頬《ほお》ずりするのだった。

「その動画、スムーズにＯＫが出てね、一日で撮影が終わったんだ」

「そうなんですか。というか天花さん、そもそも何故ここに？」

「遊び時間だから。ちょっとだけ顔を見に来たよ」

「本当に便利ですね、瞬間移動」

「これは出張のお土産《みやげ》。ちょっと福岡の方に行っててね」

「ありがとうございます」

「優希君、私の動画、見てくれているんだね、嬉しいな」

「大変ですね、組長だけじゃなくて、こういうことまで」

「ある意味、これも組長の仕事のようなものだからね」

天花は優希の横で、顔を並べて動画の解説をしてくれた。

「この宍道湖《しんじこ》を小さな船で進むの、気持ちよかったよ」

「は、はい」

天花との距離が、肌《はだ》がくっつくぐらい近いので、優希も緊張していた。

「私が生まれた所は、神話ゆかりの土地でね。小さい頃から、精霊とか神様とか、そういった話をよく聞かされて育ったんだよ」

天花の優しい声を聞いているうちに、優希の緊張もほぐれてきた。

「おっと、もう仕事に戻らないと。じゃあ」

本当に短い時間だった。

それでも、天花は優希の顔が見たかったのだ。

「お仕事頑張って下さい」

「うん、頑張るよ」

ほんの僅《わず》かな時間いただけで、天花はウインクして去って行く。

部屋の中に、天花のいい香りだけが残っていた。

※

七番組と六番組の、合同鍛錬の日がやってきた。

何度も合同鍛錬は行われているが、今回は七番組から京香、優希、朱々《しゅしゅ》が六番組へ出向く。

これには道中の魔都パトロールも兼《か》ねていた。

「やぁ。早かったね」

笑顔で一同を迎える天花。

優希と視線が合うと、その頬を赤らめた。

「早速《さっそく》鍛錬をはじめよう。朱々は天花と戦ってみろ。私が後ろで見ていよう」

京香が、朱々にそんな命令を下した。

これは朱々が今後、強敵と戦った場合を想定しての命令だった。

「おっと。サハラがいないね。起こしてくるよ。ギリギリまで寝てる子だから」

「あ、じゃあ俺が起こしてきますよ」

「ありがとう優希君」

優希は鍛錬が行われている間に、サハラを起こしに寮内へ向かう。

「すや～～ＺＺＺ」

ソファーでは若狭《わかさ》サハラが、睡眠をとっていた。

上はシャツだが、下は下着そのままと、無防備な姿だった。

白く健康的な太ももが露《あら》わになっていて、優希はドキリとしてしまう。

起こすために近づきたいが、以前同じ状況で近づいた時に、サハラは寝ぼけて優希にプロレス技《わざ》を仕掛けてきたのだ。

優希は遠くから声をかける作戦に出た。

「サハラさん、起きてくださーい」

「Ｚｚｚ」

「サ！　ハ！　ラ！　さーん!!」

「Ｚｚｚ」

サハラはごろりと寝る態勢を変えるだけだった。

むしろ白いヒップが突き出される形になって、余計目の毒だ。

優希は次なる作戦として、柔らかいクッションをサハラめがけて、ふわっと投げかけた。

するとサハラは寝ながら、飛来してくるクッションをはたき落とした。

「おぉっ！　って感心している場合じゃないか。どうしたもんかな」

焦って連れていく必要もないが、ゆったりもしていられない。

優希が考えていると、サハラの近くにあった時計が鳴った。

「ん〜〜。ふぁーあ」

すると、サハラはあっという間に目を覚ました。

どうやら、あの目覚ましの音には敏感になっているようだ。

まずは服を着てもらってから、優希は事情を説明した。

「そっか、合同鍛錬がはじまるんだね〜」

「なかなか起きなくて、どうしようかと思いました」

「お気遣《きづか》い、ありがとう〜。目覚ましの音とか、警報には反応するんだけどね〜」

「おぉ、そこらへんは流石《さすが》プロですね」

「普段は、ま～なかなか起きないようで。やっちにも苦労かけてるよ～」

「風邪とかひいちゃいませんか？」

「大丈夫。お風呂上がりとか裸で寝ちゃう時も多いけど、体調崩《くず》したこと全然ないんだ～。それより私は心ゆくまで寝ていたいから～」

「寝るの大好きなんですね」

「ごろんと横になって思うまま体を休める。こんな幸せなことはないね～」

「わかります、でも寝るの大好きだと魔防隊でやっていくのは大変じゃないですか？」

「大変ですな～」

「そんな人ごとみたいに……というか、あの、年齢を聞いてもいいですか」

「高校生だよ～。敬語なしでどうぞ～。そっちの方が気楽～」

「やっぱり、若いと思いました。いや、思ったよ」

「サハラちゃんでいいよ～」

「これからはそうするよ」

「私ね～。昔、魔都災害に遭《あ》ったんだよ」

「え」

「気がついたら魔都にいてさ。醜鬼が来て、びっくりしたけど倒せたんだ」

「た、倒せたんだ。それは凄いね」

「もう桃食べていたからね～。そしたら、助けに来てくれた出雲組長にスカウトされたんだ」

「そっか。皆、色々な事情があるんだなぁ」

「組長は教えてくれたよ～。若いうちに魔防隊で頑張っていれば、将来的に寝てられる時間が増えるって」

「論理的なスカウトだ」

「それで人助けもできるんだから、よ～し、いっちょ、頑張ってみようかなーって。魔都が危ない場所だっていうのは、身をもってわかったからね。目の前に醜鬼が出てきたら、そりゃあ怖いよ。助けてあげたいって思う」

「なるほど……って」

「すや～～ZZZ」

「流れるように立ったまま寝た……折角《せっかく》いいことを言ったのに」

優希はサハラをそのまま押すようにして、鍛錬の場に連れていった。

鍛錬の場では、優希も奴隷形態となって京香と組み、天花と模擬《もぎ》戦をする。

実際に戦ってみると、天花は瞬間移動を絶え間なく駆使《くし》してくるので、その姿を捕捉するので精一杯《せいいっぱい》だった。

それでいて、空間を断裂させる防御《ぼうぎょ》不能の攻撃を繰り出してくるのだ。

ただ空間は裂けるその瞬間、ほんのわずかな予兆が見える。

みりみり、と空気が歪《ゆが》んでから裂けるのだ。

これを見極《みきわ》めれば、スピードに自信がある者なら空間断裂に巻き込まれる前にギリギリで回避することが理論上は可能である。

しかし天花は絶え間なく移動して、あらゆる角度からこの技を仕掛けてくる。

空間断裂を回避したと思った回避地点に、もう一つの断裂を仕掛ける置き技なども使う。

また天花は触れた相手も瞬間移動できるので、天花に攻撃されて空中に運ばれて、身動きしにくいところに空間断裂を起こすという大技も持っていた。

スタミナもあり、この瞬間移動を天花は連続で６６６回は使用可能だ。

さらに６６６回使ったとて、ひと呼吸整えれば、再び能力は６６６回使える。

継戦能力においても、隙《すき》のないものとなっていた。

優希は懸命に天花と手合わせをし、実力をつけていった。

※

六番組との激しい合同鍛錬も終わり、七番組寮に戻ってから優希はご褒美を受け取っていた。

その内容は念入りなマッサージであり、京香は体をくっつけるようにして、優希の体を揉《も》みほぐしていた。

「活発になってきましたね、他の組との交流も」

「あぁ。組長焼肉会も近いうちに行われるかもな」

「また何かパワーワードが聞こえたんですけど。どういう会なんですか？」

「そのまんまだぞ。組長同士で焼き肉を食べて、英気を養《やしな》い、交流を深める」

「あまり想像できないですね」

「長いテーブルに九人が、四人と五人で対面するように座る。そして鉄板は二つあるからな。片方は美羅が焼いて、もう片方は私が肉を焼いたりする」

「おぉ、なるほど」

「私は向かいに天花、風舞希《ふぶき》さんがいて隣に夜雲とワルワラがいる」

「どういう会話がなされているんですか？」

「組の状況とか、そこらへんから話がはじまるな」

そう言いながら京香は、焼肉会のことを思い出した。

『美味《おい》しいです、ここのお肉。柔らかくてジューシーです』

ベルが幸せそうに肉を食べている。

『よーし、木乃実《このみ》もどんどん食べて、強くなりな。ほれ、これ焼けたぜ』

美羅は手際よく焼いた肉を、木乃実の皿に配った。

『押忍《おす》、ありがとうございます！　本来、私が焼くべきところを』

『いーんだよ、俺が好きでやってるんだからよ』

『ふふ、こっちの鉄板は四人だけど、木乃実が張り切ってるから食べる速度的にはあっちと変わりないわね』

山城恋が愉快《ゆかい》そうに笑う。

『体動かしている学生なんて世界で一番飯《めし》食いますからね。俺も食うし』

『ベルもまぁまぁ食べるのよね』

『はうっ』

『責めてないわよ、むしろ食べなさい。ベルが食べてるところ見るの、結構好きなのよ』

そう言って恋は焼けている肉を、ベルの皿に置いた。

『はい……』

『あぁ～このハラミも、口の中でほどける感じで、幸せな味です』

『どんどんいきな。躍《おど》り食いだ』

山城恋がいても和《なご》やかなムードが漂う美羅側の鉄板。

一方、京香の鉄板の方では。

『京香、これ食べていい？』

『早いだろうが夜雲、まだ焼けきってないだろ』

『それぐらいの方が肉の食感エロティックでいいのよね』

『もうちょっとだ、もうちょっと待て。ええい、どさくさに紛《まぎ》れて足を触るな』

『蝦夷組長。どさくさ紛れは許されないわ』

あまり喋《しゃべ》らないワルワラ・ピリペンコが京香にお触りした夜雲を咎《とが》めた。

天花は、風舞希のグラスが空《から》になったのを見逃さない。

『風舞希さん。次、何を飲まれますか？』

『ビールでいいわ』

『ワルワラ、この肉、もういいぞ』

『はい……』

ワルワラ・ピリペンコは京香から配られた肉を、丁寧《ていねい》に丁寧に口の中で味わっていた。

『まぁこういう席だしさー。お互いを褒め合って、より楽しくいこうよ』

蝦夷夜雲はもう片方の隣にいる美羅によりかかりながら、そんなことを言った。

多々良《たたら》木乃実が挙手して発言する。

『この前、高校の帰りに友達と遊んでた時、動画見てたらＣＭに出雲組長が出てきたんですけど、フルネームからＳＮＳで公開されている情報まで、友達は全部知ってましたよ。やっぱり出雲組長、人気凄いんだなって思いました』

『その子が私のファンってだけだよ木乃実ちゃん』

『そのファンの数が多いんですよ！』

美羅が手を動かしながらも、風舞希に話しかけた。

『風舞希さんがこの前、眼鏡《めがね》かけてたのをウチのモンが見た時に、凄い色気で同性ながらゾクゾクするって言ってましたよ』

『そうね、眼鏡かけると教師みたいってよく言われるわね。気分でかけるのだけど』

今度は京香がベルを褒め始める。

『ベルは食べ方が綺麗だな。皿が未使用みたいだ』

『あ。ありがとうございますぅ。最後まで味わおうと思って食べ方工夫してます』

『ふふ、いい心がけねベル』

山城恋は、そう笑うと夜雲の方を向いた。

『夜雲は、風の出力がまた上がったでしょう。いい感じに進歩してるわね』

『総組長に褒められたい一心なんですよ。もっと出力あげたら、ご褒美くださいな』

『それは嫌ね』

仕事の話から徐々《じょじょ》に他愛《たあい》のない話になっていき、時が過ぎていく。

途中で座席を交代したりもした。

意外な組み合わせに、話が弾《はず》んだりする。

「…まぁ、皆いつもの変わらない感じだな。ブレない連中だからな」

「そうなんですね」

「言っておくが、お前は組長焼肉会には連れていかないからな」

「というか行きたくないですよ、恐ろしい」

「うむ、危険地帯だ。お前が焼かれるぞ、色々な意味で」

京香は少し安堵《あんど》した。

もし優希を連れていけばどうなるか、それは容易に想像ができると京香は思った。

「おう優希、お前肉食って、力つけろ。俺が焼いてやるから」

「ベルが思うに、もっとわさびをつけた方が美味しいですよ」

「和倉君、口にご飯粒ついてるよ」

「肉を食べて、奴隷ちゃんにお触りする、うーん我ながら肉食系！」

「そうやって美味しそうにご飯を食べている姿、まるで犬みたいね」

「男の子はよく食べるわね。見ていて気持ちがいいわ」

「優希君、そのお肉熱いから少しフーフーしようか？」

珍《めずら》しい存在に群がられるのは目に見えている。

何も反応しないのはワルワラ・ピリペンコぐらいではないだろうか。

「少し想像してみたが、やはりロクなことにはならないな。七番組は七番組で私が焼き肉に連れていくさ、美味《うま》い店を知っている」

そう言って京香は優希の肩をポンポンと叩《たた》いて、ご褒美を終わらせるのだった。

※

今日の合同鍛錬では、あまり優希と喋る時間がなかった。
それを残念に思う天花だったが、仕事中は切り替えて任務に集中する。
仕事が終わって休憩時間に入り、天花はシャワーを浴びて、身だしなみを整えた。
瞬間移動を使って七番組寮の優希の部屋へ入る天花。
この時間帯だと、優希は寝ている時間だった。
やはり優希は、すやすやと寝息を立てている。
天花はその寝顔を見て、ほっとしていた。
せっかく寝ている優希を起こすような真似《まね》はしない。
寝顔を眺めているだけで、仕事の疲れがとれていくのを天花は感じた。
軽く、優希の手に触れてみる。
いつも通りの、彼の体温だった。
(あ、また見えてきたよ。未来が)
それは、これから訪れるであろうと思っている優希との生活。
優希、青羽《あおば》姉弟と幸せに暮らしている自分の姿。

青羽に祝福されて、優希と天花は、姉の希望を取り入れて三人で暮らす。

青羽の体は人に戻れるのが一番ではあるが、たとえ人型醜鬼のままであろうとも関係ない。

子供は息子が一人に、娘が一人。

天花自身が働いて稼《かせ》いだ資産と、的確な投資で、生活にまったく不自由はない。

優希は主夫《しゅふ》の達人《たつじん》として、毎日の食事は美味しく家はピカピカだ。

青羽と天花も、まるで実の姉妹のように仲良く過ごしている。

そんな光溢《あふ》れる将来を天花は確かに見ていた。

(優希君……お義姉《ねえ》さん……)

天花は、幸せで胸がいっぱいになった。

疲れている優希を起こすことのないよう、そっと立ち上がり六番組へと帰って行く。

今度は昼間に長めに遊びにこよう、そう思う天花だった。

※

七番組寮の廊下で、和倉優希はしゃがみこんでいた。

「どうしたんだ優希?」

主である京香が、声をかけてくる。

「掃除用具の調子が悪いんで、自作して対応しようかと思いまして」

「そんなに調子が悪いのか？」

「もう寿命《じゅみょう》でしょうね。ずいぶん使ってる感じですもん。俺が来る前からずっと」

「新しい掃除用具を買えばいい。ちゃんと使いきってから、次のものを買うんだ。何も悪いことじゃないぞ」

京香から予算を伝えられた。

「それだけあれば、良いものが買えそうです」

「どんなものにするかはプロのお前に任せる。予算内であれば私に許可はいらない。これだと思うものを買うといい」

「京香さんは、これからお出かけですか？」

「一番組の、りう師匠《ししょう》のところだ。対八雷神《はちらいじん》用の技を磨《みが》きたいのでな。助言をもらいに行く」

「わかりました、行ってらっしゃい」

京香は背筋《せすじ》を伸ばして出かけていった。

休憩時間になったので、優希は掃除用具のカタログをひとり眺めていた。

「うーん、新しいやつはどれにしようかな。これか、それともあれか。やっぱり現地に行って見てみたいよなぁ。通販だとどうもなぁ」

魔都にも通信販売は届く。

現世からクナドを経由すれば、そのまま結界《けっかい》内の魔防隊寮内部に出る。危険な目に遭うことなく輸送はできるのだった。

「迷うぐらいなら、現地に行けばいいんじゃないかな？」

「そうしたいんですけど、休憩時間は限られてますからねぇ……って」

優希は、隣に出雲天花がいることに気づいた。

「天花さん、いつから」

「一分ぐらい前かな、優希君、凄い集中力でカタログ見てたから、気づかなかったんだね」

「失礼しました」

「全然。私がいきなり来たわけだし」

そう言いながら、優希との距離を縮める天花。

「何かに夢中になってる時の、優希君の顔って素敵《すてき》だよ」

「そ、そうですか？」

「じっくり眺めちゃったな。千兆点のイケメンだね」

「そ、それは姉ちゃ……姉さんの身内びいきですよ」

「新しい掃除用具が欲しくて、お店で見てみたいんでしょ？」

「はい。まぁ時間がないですけど」

「ここに瞬間移動できる人間がいるよ。移動時間を大幅に減らせるから現地に行けるよ」

「え？　天花さんに連れて行ってもらうんですか？　そんな。悪いですよ」

「優希君、良い悪いで言ったら、一緒に行ける方が私は良いんだよ」

「じゃあお言葉に甘えて、いいですか？」

「うん、私も今、休み時間で遊びに来たところだしね」

確かに天花は私服だった。

優希は、寮にいる日万凛《ひまり》に事情を話した。

「休憩時間内に帰ってくれれば問題ないけど、よその組長のお世話になるのは……」

「大丈夫だよ日万凛ちゃん。私自身が問題ないから」

「わかりました。ちょっと、失礼のないようにね」

「言われなくてもわかってるさ。失礼なんてできるか。どれだけお世話になってるか……」

日万凛は、全く問題なしという感じで優希を送り出した。

※

現世に出て、優希は店で掃除用具と向き合っていた。

(好きになった人なら、買い物をしている姿を眺めているだけでも、幸せなものなんだね)

天花は、優希の買い物を慈《いつく》しむ目で見ていた。

優希を愛するようになってから、一日中充実している。

たとえ優希に会えない時間でも、目を瞑《つむ》ればこの光景が脳裏《のうり》に広がるのだ。

己《おのれ》の大事な相棒《あいぼう》になる掃除用具の買い物に、優希は真剣そのもの。

そんな凛《りん》とした表情が、また天花をときめかせる。

おそらくマイホームを買った後も、こういう光景を見ることになるのだろう。

その時は青羽も一緒だろう。

さらに楽しい一時《ひととき》になる、と天花は思っていた。

メインの買い物どころか消耗品《しょうもうひん》の買い足しもできて、優希は大変に満足していた。

「ありがとうございます天花さん、付き合ってくれて」

「私の方こそ、こういう関係になれて嬉しいと思ってるよ」

天花は、周囲を見回した。

「ちょっとお茶していこうか。疲れたでしょ」

「いいですね」

天花が選んだ、喫茶店に入る。

優希は天花が選んだ珈琲《コーヒー》と同じものを飲んでみた。

「京ちんとは、こういうお店来たりする？」

「あんまりないですね、ただ零《ゼロ》じゃないです」

「京ちん、甘いもの頼むでしょ」

「はい、美味しそうに食べています」

「和むよね、普段厳しい京ちんが幸せそうに」

「六番組では、普段のちょっとした休憩時に何をしているんですか。うちは皆で体を動かしたりしてますけど」

「うちは結構自由だね。皆で一緒にわーっていうよりは、個人個人かな」

「まぁサハラちゃん、寝てそうですしね」

「そうそう」

他愛のない話だが、優希と話していれば天花はそれだけで楽しかった。

優希の笑顔と、彼の姉である青羽の笑顔は本当に似ている。

その笑顔を見るのが天花の幸せだった。

気がつけば、既《すで》に日が落ちて夜になっている。

「そろそろ戻った方がいいね、名残惜《なごりお》しいけど」

瞬間移動を使えば、余裕で休憩時間内に戻ることができる。

「じゃ、いきなり消えるとアレだから、そこのビルから移動しようか。ちょっと景色も見たいから、屋上まで行ってから」

「はい」

二人は無人のビル屋上へとやってきた。

「わぁ綺麗ですね、東京タワーは……あれか」

「灯《あか》りを見ると少しホッとするね、いつも魔都にいるから」

優希ともっと長くここにいたいが、それでは休憩時間をオーバーしてしまう。

魔防隊では許されないことだった。

「それじゃあ移動していくから、優希君、私にくっついて」

「失礼します」

二人がくっつく形となり、自然と見つめ合った。

すると、天花の方から、優希に唇《くちびる》を重ねてきた。

「て、天花さん？」

「優希君が、素敵すぎてつい」

そう言うと柔らかい唇でもう一度キスをしてから、瞬間移動を開始した。

七番組寮に到着した優希は、早速購入してきた掃除用具を使いはじめる。

ご機嫌な優希の顔を見て、天花は六番組寮へ戻っていった。

※

その日の夜、六番組寮。

「組長、なにやらご機嫌じゃ」

「わかる？　八千穂《やちほ》」

「組長が楽しそうで、なにより」

「ふふ。八千穂、恋はいいよ」

「う、うむ」

「おやすみ」

休憩していた八千穂と交代して、天花は自分のベッドに入った。

現世で優希とかわしたキスの感触が蘇《よみがえ》る。

あの時のことを思い出すだけで、胸が一杯になる。

天花はベッドの中で、再び自《みずか》らが想像する未来を見ていた。

それは優希と結婚した夜のこと。

夫婦は、二人で愛を確かめ合い、子供を授かる儀式を行う。

天花自身には、そういった性の経験はない。

だが不思議と優希との営《いとな》みはハッキリと想像できるのだった。

天花は年上だからと自分がリードするより、身を任せたいと思っている。

勿論、彼の喜ぶことは何でもしてあげたいが、基本スタイルとしては、だ。

二人の相性は夜もバッチリで、愛し合うほどに、まだまだ互いを好きになっていく。
目と目が合って、二人で微笑《ほほえ》み合う。
そんな未来も、天花は見ていた。
（プライベートが退屈と言っていた毎日が嘘《うそ》のようだよ）
（おやすみ、優希君）
そう言って、天花は幸せそうに目を閉じたのだった――。

あとがき

『魔都精兵のスレイブ』が漫画としてジャンプ+《プラス》で連載されて、そのノベライズがDX文庫で出版されたという素敵《すてき》な事実を、小学校時代、月曜朝になるとコンビニにジャンプを買いに走っていた自分に伝えてあげたいです。

集英社さんに自分をご紹介してくださった方、編集部の方々、担当編集の方、関係者の方々に、深く感謝申し上げます。

本巻の挿絵《さしえ》はｗａｇｉ《ワギ》さんにお願いしています。

ｗａｇｉさんは『魔都精兵のスレイブ』の漫画をしっかり読んでくださっていて、よく感想をくださるので、今回もタッグを組ませて頂きました。

『魔都精兵のスレイブ』は隔週連載、決まっているページの中に面白《おもしろ》さを凝縮《ぎようしゆく》しないといけません。だからキャラクターの様々な設定や、やってみたいネタを全部お披露目《ひろめ》できるわけではないのです。

そこで今回の小説では、そういったネタの数々を色々使わせて頂きました。

本巻は、漫画の『魔都精兵のスレイブ』でいうと8巻ぐらいまでの知識があると、より楽しめるようになっています。

アニメから興味を持って本巻を手にしてくださった方は、東風舞希《あずまふぶき》などの存在は驚いたかもしれません。

人気キャラの一人だったので、今回のノベルにも出演してもらいました。

他の組長たちもちょろっと出てもらっています。

この作品で何が一番大事かと問われれば「キャラの魅力」に尽きますので、ついつい色んなキャラをアピールしてしまいます。

というか個性豊かなキャラが多いので、物語を書いていると「私も出るよ」「私なら、こういう時、こう動いてるよ」とキャラたちがアピールしてくるんです。

いわゆるキャラが勝手に動くという現象ですね、これはうまくいってる証拠ですので、楽しんで書けました。

読者の皆様、自分の拙《つたな》い文章を最後まで読んで頂きありがとうございました。

楽しんで頂けたなら幸いです。

今後とも、『魔都精兵のスレイブ』を宜《よろ》しくお願いします。(ジャンプ＋で隔週土曜連載中です)

タカヒロ

桃源郷での総力戦、
開戦——!!
お任せを
一組一殺で行こう
※2024年1月現在の情報です。
15
2024年2月発売予定!!

怒れる神の
規格外の力に
貴方を普通に倒せば
それで終わりじゃない
魔防隊は…!?
優希の姉と
天花も
動き出す――!?
ありがとう
ここまで動いてくれて
連携させたら
絶対駄目っ…
JUMP COMICS+
魔都精兵のスレイブ
slave

タカヒロのコミックス 大好評発売中!!
※書籍の詳細は発行元へお問い合わせください。この情報は2024年1月現在のものです。
[すべて発行:スクウェア・エニックス]
異世界の女監獄を舞台にしたエロス+バトルファンタジー!!
獄卒クラーケン 1〜2
GOKUSOTSU KRAKEN
[作画]戸流ケイ
●ビッグガンガンコミックス/B6判
異世界に転移した少年・クウマは魔獣クラーケンと融合し、イカの異能力を得る。

女監獄の獄卒となったクウマは、異能力で女囚たちの心もカラダも攻略することに——。

「アカメが斬る!」前日譚!!
●ビッグガンガンコミックス/B6判 ●全10巻
アカメが斬る!零
ZERO
Akame ga KILL!
[作画]戸流ケイ
ヒノワはアカメと乱世統一を目指す!!
[作画]strelka
●ビッグガンガンコミックス/B6判 ●全8巻
ヒノワが征く!
HINOWA ga YUKU
我等全員殺し屋稼業——。名作ダークファンタジー!!
アカメが斬る!
Akame ga KILL!
●ガンガンコミックスJOKER/B6判 ●全15巻 [作画]田代哲也

この作品の感想をお寄せください。

あて先　〒101-8050　東京都千代田区一ツ橋2-5-10
集英社　ダッシュエックス文庫編集部　気付
タカヒロ先生　wagi先生

ダッシュエックス文庫

魔都精兵のスレイブ

魔防隊日誌

タカヒロ

2024年1月30日　第1刷発行

★定価はカバーに表示してあります

発行者　瓶子吉久
発行所　株式会社　集英社
〒101−8050　東京都千代田区一ツ橋2−5−10
03(3230)6229(編集)
03(3230)6393(販売／書店専用) 03(3230)6080(読者係)
印刷所　株式会社美松堂／中央精版印刷株式会社
編集協力　蜂須賀隆介

ISBN978-4-08-631538-8 C0193